°luftschacht

Manfred Rumpl

# Die kosmische Komödie

Roman

Luftschacht Verlag

*www.luftschacht.com*

Umschlaggrafik: Florian Anrather
Satz: Livia Neutsch
Druck und Herstellung: CPI Moravia

Die Wahl der angewendeten Rechtschreibung
obliegt dem/der jeweiligen AutorIn

ISBN: 978-3-902373-57-1

*Es könnte ganze Antiwelten und Antimenschen aus Antiteilchen geben.*
*Doch sollten Sie Ihrem Anti-Ich begegnen, geben Sie ihm nicht die Hand!*
*Sie würden beide in einem großen Lichtblitz verschwinden.*

Stephen Hawking

# 1.

**Hier drin** ist bis auf die Körper der Inhaftierten alles hart. Kalt, eckig und von einer Undurchdringlichkeit, die jedes menschliche Maß in Frage stellt. Eisen, Beton und Stahl.
Der Schall der schweren Türen begleitet sie auf dem Weg nach draußen. Dieser Lärm pflanzt sich durch die Flure in alle Richtungen und Etagen fort. Das Labyrinth, durch das sie gehen, Arm an Arm nun, hat er in den letzten Jahren in seinem Kopf nachgebaut. Eine wuchtige Konstruktion aus Enttäuschung, Wut und Blut. Der Maßstab stimmt genau, doch die Wände seiner Vorstellung sind rot. Noch mit geschlossenen Augen würde er hier überall hinfinden – in die Fresskammer, die Strafkammer, die Kraftkammer, überallhin, nur nicht nach draußen.
Er ist auf dem Weg in die Freiheit!
Dieser Gedanke ist viel zu groß für seinen Kopf, den nur das Labyrinth ausfüllt. Er konzentriert sich auf die nächsten Bewegungen. Sein Aufpasser entriegelt mit dem rechten Daumenabdruck eine Stahltür. Sie betreten den Schleusenraum. Er wird zu einem Schalter aus Panzerglas geführt, wo man ihm die Handschellen abnimmt und ein paar Papiere vorlegt. Er macht sich nicht die Mühe zu lesen, was man ihm da zeigt. Schreibt sein Stift rot oder sieht er bloß rot? Ein erstes Lächeln an diesem Tag, den er seit Jahren herbei zählt. Dabei sinken die Ecken seines scharf geschnittenen Mundes wie in Zeitlupe nach unten.
Mit breiten Schritten geht er auf die Freiheit zu. Einen Moment lang fürchtet er, die Glut einer Wüste könnte ihm entgegenschlagen, sobald er die kühlen Gänge des Labyrinths

verlässt. Mit nichts als Treibsand in den Knien. Sein Aufpasser öffnet eine weitere Tür, sagt irgendwas und schiebt ihn mit einem Schulterklopfen hinaus. Er stapft weiter, wie aufgezogen, zeigt dem Außenposten seine Papiere und steht plötzlich auf der Straße.
Allein.
Um ihn seine Stadt, die ihm fremd vorkommt. Nichts lässt sich mit dem Labyrinth vergleichen, das in seinem Kopf gespeichert ist. Er schultert die Sporttasche und setzt sich in Bewegung. In der Flucht der Straße, deren Namen er vergessen hat, steigt die Sonne hoch. Sie scheint alles zu versengen, womit sie in Berührung kommt: Häuser, Gassen, Autos, erste Passanten ... Er setzt die alte, schwarze Ray Ban auf, die man ihm mit seinem anderen Zeug ausgehändigt hat, und schlendert auf die Sonne zu.

Er begegnet allem mit einer Mischung aus Neugier und Misstrauen. Als könnte sich in den Jahren seiner Absonderung das Wesen der Dinge und Menschen grundlegend geändert haben. Beweist die Uniform des Busfahrers etwa nicht, dass es sich um einen Spitzel handelt? Dieser Blick, als er einstieg und nicht gleich wusste, wie er zu einem Fahrschein kommt. Jetzt dieser dämliche Automat, der nicht funktioniert wie er will. Nach ein paar Faustschlägen spielt die Anzeige verrückt und das Scheißding ist völlig hinüber. Immerhin ist es noch als Stütze zu gebrauchen. Alle Plätze sind besetzt, also lehnt er sich auf den Automaten und schaut sich hinter dunklen Gläsern herausfordernd um. Die alte Angriffslust kommt wieder hoch und setzt ihn unter Druck. Wenn der Fahrer ihn über den Rückspiegel noch länger mit Blicken verfolgt, wird er ihn anschnauzen. Scheiß auf das Ticket!

Er hat früher nie gezahlt und wird jetzt nicht damit anfangen.
Diese Hitze am frühen Vormittag. Drinnen war alles voll klimatisiert. Um die Gemüter der Totschläger und Mörder zu kühlen. Sogenannte *Zwischenfälle* gab es dennoch. Daumen, die Augäpfel zum Platzen brachten. Siedendes Öl aus einer Pfanne im Gesicht eines Dealers. Ein Ding im Arsch eines Kinderschänders. Er hat sich rausgehalten, so gut es ging. Von allem aber konnte man sich dort nicht fernhalten. Manchmal musste man Farbe bekennen, wollte man nicht selbst ins Visier geraten. Rot in seinem Fall. Das war schon immer so. Die Farbe der Liebe, der Wut und des Blutes. Mit dem Handrücken wischt er sich Schweiß von der Stirn.
Warum hört der Busfahrer nicht endlich damit auf, ihn im Rückspiegel zu beobachten? Jetzt nimmt er sein Handy und ruft jemanden an. So ein Mobiltelefon wird auch er sich beschaffen müssen. Er wird es brauchen, wenn er endlich tut, was er drinnen aus diesem Meer an Zeit getaucht hat. Aber nun sollte er aussteigen. Er hat dieses Bauchgefühl: dass es womöglich besser ist, den Bus an der nächsten Haltestelle zu verlassen und ein Stück zu Fuß zu gehen. Leute steigen aus, andere ein. Er aber bleibt die kommenden Stopps über an den Automaten gelehnt. Apathisch. Wie in Trance. Er spürt etwas auf sich zukommen und kann doch nichts dagegen machen. In seinem Kopf beginnt es zu ticken.

Eine einsame Haltestelle irgendwo auf halber Strecke.
Sie wollen seinen Ausweis sehen. Er muss sich überwinden mit ihnen zu sprechen, den Knoten im Solar Plexus ignorieren, um ihnen zu sagen, dass er keinen Ausweis dabei hat. Er weiß, was das bedeutet, wenn seine Stimme

so fremd klingt. Er lächelt die Frau an, die ihm attraktiv erscheint nach all der frauenlosen Zeit. Doch der Typ ist ihm zuwider. Diesen Griff um seinen Arm wird er nicht lange ertragen. Er sucht in den Augen der Frau nach einem Ausweg. Nach Verständnis für seine Situation. Sie weicht seinem Blick aus, verlagert ihr Gewicht auf das andere Bein, und dieser Kerl sagt, wenn er nicht zahlen könne, müsse er mit und seine Identität feststellen lassen.
„Ich will nicht zahlen", sagt er nur.
„Also gut, dann ..." Der Kontrolleur hebt sein Funkgerät ans Ohr.
Einen Tick später reißt er sich los und dem Typen, bevor er noch reagieren kann, das Gerät aus der Hand. Mit einem wuchtigen Stoß rammt er ihm das Ding ins verblüffte Gesicht. Die Frau läuft nicht davon, stürzt sich um sich schlagend auf ihn. Er weicht ihren Fäusten aus, nimmt sie in den Clinch, hebt sie hoch, drückt sie an sich und dreht sich mit ihr im Kreis. Lacht dabei und stimmt eine Strophe aus einem Lied an. Wie hat er sich danach gesehnt, endlich eine Frau zu umarmen! Den Druck ihrer Brüste und Schenkel zu spüren. Ihren Atem an seinem Hals. Ihr Kollege hockt am Straßenrand, wimmernd, auf allen Vieren, und spuckt Blut, vermischt mit Bruchstücken seiner Schneidezähne, in den Straßengraben.
Er muss weg. Sein Programm ist fast ganz abgelaufen. Er will sie abschütteln. Aber sie krallt sich an ihm fest und schreit lauthals um Hilfe. Mit einer energischen Drehung wirft er sie ab. Im Vorübergehen hält er inne, holt kurz aus und tritt dem Kontrolleur mit dosierter Wucht in den Magen. Er dreht sich nicht mehr um, kann aber noch hören, wie der Kerl in seinem Rücken sich in einem Schwall erbricht. Er schlägt einen kleinen Umweg ein. Nun erst

schmeckt er das Gefühl der Freiheit, das er beim Verlassen des Gefängnisses vermisst hat.

## 2.

**Bert** muss hier weg, wenn er nicht vor dem Ende seiner Ehe stehen will. In der letzten Warnung seiner Frau schwangen Untertöne mit, etwas Unmissverständliches, das nur er hören konnte.

Das war vor einer Ewigkeit, kommt ihm jetzt vor, wenn Silvia sich im Halbschlaf bewegt, irgendetwas murmelnd, und er spürt, dass er noch in ihr ist. Im Licht, das mit den ersten Geräuschen draußen aufkommt, zeichnen sich die Konturen ihrer Schulterblätter ab. Ihr Hals, unbehelligt jetzt von seinem Begehren, ist wie eine Linie in diesem Raum. Ein Zimmer, das viel über die beiden weiß, mehr vielleicht, als sie übereinander wissen. Er drückt sein Becken an ihres, vor und zurück, bis er noch einmal hart wird, während sie ihren Rücken nach innen wölbt und ihm mit dem Hintern entgegenkommt. Doch wieder wird er aufstehen und sich ankleiden und sie wird ein paar Seufzer ausstoßen und sich in ihrem Bett querlegen, um ihr Revier zu besetzen, in dem er immer nur Gast geblieben ist. Wie lange schon? Jahre müssen es sein.

Sie keucht tief, zieht ihn fest an sich und flüstert, er solle endlich bei ihr bleiben, wie schon so oft versprochen, oder ein letztes Mal weggehen, klare Verhältnisse schaffen und zurückkommen. Für immer! Sie hat einen Mann aus ihm gemacht, als er dabei war, sich in ein Neutrum zu verwandeln. Es war wie eine Auferstehung. Ohne Begehren hat das Leben schal geschmeckt. Eine Suppe, die er pflichtbewusst, aber widerwillig auslöffelte, bis er endlich Silvia traf.

Nun beschwört er sie, ihm doch zu glauben, flüstert Worte in ihr Ohr, als die Schleier in ihren vom Wein und Halbschlaf benebelten Köpfen aufreißen und plötzlich den Blick auf etwas freigeben. Er nennt sie „Liebes, Darling, mein Schatz ..." und verspricht ihr in Satzfetzen, was er ihr schon seit langem verspricht. Die Trennung von seiner Frau, um endlich mit ihr zu leben. Das wäre gar nicht schlimm, im Gegenteil, Rosa ist längst Teil des stechenden Schmerzes in seiner linken Schläfe, würde es nur nicht auch die Trennung von seinem Sohn Boris bedeuten. Der ist, neben seiner Arbeit und Silvia, die sich jetzt in seinen Händen seltsam versteift, sein Ein und Alles.
Dann schiebt sich etwas zwischen Silvia und ihn, das ihn in letzter Zeit immer häufiger heimsucht. Dass eine Menge Jobs aufgrund seiner Vorschläge wegrationalisiert wurden, entspricht dem Geist dieser Zeit, und solange es andere erwischt, kann er sich in Sicherheit wiegen. Er weiß, das ist ziemlich beschissen, aber warum sollte gerade er sich deswegen Vorwürfe machen? Irgendwer findet sich am Ende immer, der die Dreckarbeit macht.
„Ja, mein Liebling", wiederholt er immer wieder. Was dann kommt, spült alle seine Befürchtungen weg und spricht ihn vorübergehend von allen seinen Schwächen frei.

Bert drückt die Tür ins Schloss, als er geht. Er schafft das nie ohne Lärm im stillen Stiegenhaus, das zu dieser frühen Stunde besonders hellhörig scheint. Jeder seiner sich entfernenden Schritte flattert hinauf bis in den letzten Stock und verrät ihn. Was nimmt er denn mit? Falsche Versprechungen? Diesmal ist es ihm ernst! Falsche Hoffnungen? Ihn fröstelt. In die Morgendämmerung tretend schüttelt er sich kurz, dann strafft er sich, um dieses andere Leben ein letztes Mal abzustreifen.

Der Taxistand ist nicht weit. Es wird wieder sehr heiß werden heute, wie schon seit Tagen. Straßen, Gehsteige und Mauern kühlen kaum noch aus in diesen Nächten. Die meisten Fenster stehen offen, Vorhänge bauschen sich im warmen Wind. Hier und dort gehen bereits Lichter an. Viele fallen erst jetzt in einen unruhigen Schlaf, nachdem sie sich stundenlang in von Schweiß feuchten Betten von einer Seite auf die andere gewälzt haben. Er lächelt, beginnt zu summen. Musik macht ihm Mut, und den wird er brauchen, wenn er Rosa endlich mit dem konfrontiert, was er Silvia so oft versprochen hat. Fast kommt ihm vor, die beiden Frauen zwingen ihn zu dieser Entscheidung, diesem Schnitt, unabhängig voneinander, jede auf ihre Weise. Er hätte ohnehin wenig dagegen, einfach weiter zu machen wie bisher.
Er schiebt diese Gedanken beiseite und nennt dem Fahrer die Adresse. Mit einem Ächzen sinkt er in die Sitzbank des Taxis. Er fährt mit der rechten Hand in seine Hosentasche, zieht den Ring aus Weißgold heraus und steckt ihn sich an. Ihm ist klar, dass die Fahrer immer wissen, woher er kommt. Er merkt es an ihren Blicken, dem Tonfall, wie sie ihn im Rückspiegel mustern. Lenkerinnen meidet er bei diesen Fahrten von einem Leben ins andere, weil er sich der Solidarität der Männer sicher sein kann. Wenn sie ihn durchschauen, weil er aussieht und riecht wie einer, der sich soeben noch in einem fremden Bett gewälzt hat. Die Autofenster sind offen, der Fahrtwind kühlt seine Haut und sein Inneres auf ein erträgliches Maß ab. Er hat es in seiner Vorstellung schon oft durchgespielt, geprobt wie ein Theaterstück. Fast die Hälfte aller Ehen und Beziehungen geht in die Brüche. Falscher Trost der Statistik, denkt er, das hat er gar nicht nötig. Es steht ihm doch zu, selbst über

sein Leben zu entscheiden. Der Jüngste ist er auch nicht mehr, und von den vielen interessanten Leben, die einst möglich schienen, haben sich die meisten mittlerweile in Nichts aufgelöst.

„Zuerst tun wir nichts, dann schauen wir einmal, und dann werden wir schon sehen." Worte eines ehemaligen Chefs. Ein Landvermesser, für den er in den Ferien oft als Gehilfe gearbeitet hat. Viel frische Luft, immer draußen unterwegs, zu viel Bier und dieser Spruch, daran erinnert er sich. Es kann gut sein, dass er bald nichts mehr zu tun hat, wenn er nicht rasch eine neue Arbeit findet, was in seinem Alter nicht leicht sein dürfte.

Als Ehebrecher eingestiegen, steigt er als Ehemann und Vater aus. Einer, der einfach wieder einmal mit Kollegen aus war und die Zeit übersehen hat. Er gibt ein großzügiges Trinkgeld. Um die Götter zu versöhnen, sagt er sich, vielleicht aber auch um den Zeugen zu kaufen. Der Taxifahrer bedankt sich und nickt zum Abschied. Es gehört eindeutig nicht zu seinen Pflichten, über seine Fahrgäste zu urteilen.

Die Intimität der Wohnung, in der er mit Rosa und Boris lebt, gibt ihm sein anderes Leben zurück. Er schämt sich ein wenig. Die Verletzlichkeit der Schlafenden appelliert an seine Verantwortung. Er schaut noch nach seinem Sohn und küsst ihn, wie er ihn seit jeher küsst. Der Duft dieser Wange, diese vertraute Silhouette im diffusen Zimmer, die Beine abgewinkelt, die Hände zwischen den Knien, stockend der Atem einen Augenblick lang, dann ein Seufzer, als er ihn noch einmal küsst. Mit feuchten Augen verlässt Bert das Kinderzimmer. Im Wohnzimmer zieht er sich aus, um den Geruch seiner Kleider nicht ins Schlafzimmer zu tragen. Dann geht er vorsichtig hinein, schließt behutsam die Tür und legt sich nackt unters Laken. Rosa stöhnt, dreht sich weg, auf die andere Seite. Auch er dreht sich weg. Rücken an Rücken, ein Meter Abstand im großen Bett liegen sie da. So lange schon, wenn er zurückdenkt, dass er nicht mehr weiß, wie lange eigentlich wirklich. *Vieruhrzweiundzwanzig* flüstern die Leuchtziffern des Radioweckers auf seinem Nachttisch. Er versucht, an nichts Konkretes zu denken ...

Vor einem unruhigen, graugrünen Meer hüpft er von einem Riesenstein zum nächsten, während die Flut steigt, und wenn die Wellen unter den Steinen durchschlagen, spritzt die kühle Gischt durch die Zwischenräume hinauf und netzt seine nackten Beine. Weit draußen, auf dem Horizont im Osten der Stadt, liegt schon ein feiner Streifen Gold.

# 3.

**Sobald** sie von der Rolltreppe ins Freie gehoben wird, kann sie es sehen. Scharen von Männern, die vor dem Eingang des Arbeitsamtes herumlungern. Sie quert den kleinen Platz vor der U3-Station Kendlerstraße. Die Fußgängerampel steht auf Rot, als sie näher kommt. Manche Männer halten bereits eine Dose Bier in ihren Händen.
Mit etwas vorwurfsvoller Miene kreuzt sie durch die Gruppen und steigt energisch die Stufen zum Eingang hinauf. Inmitten der Ausdünstungen der Arbeitslosen hinterlässt sie eine feine Spur ihres teuren, französischen Parfums. Wie mit dem meisten in ihrem Leben nimmt sie es auch mit dem Einlass sehr genau. Die da draußen sollen ruhig sehen, dass es noch so etwas wie Pünktlichkeit gibt, denkt sie, während sie hinter sich zusperrt. Die kommen zu früh, was sie ja noch verstehen kann, weil in diesen Nächten ohnehin kaum jemand Schlaf findet, aber dann trinken sie Bier, statt zu frühstücken, erscheinen dennoch zu spät zu ihrem Termin und regen sich auch noch auf.

Zimmer 3012. Silvia Patuzzi.
Endlich hat der Hausarbeiter das Schild neben ihrer Bürotür angebracht. Fünf Wochen hat das gedauert. Wäre sie selbst so nachlässig wie die meisten Leute, mit denen sie zu tun hat, würde wohl bald nichts mehr funktionieren. Sie lächelt in sich hinein, während sie sich mit routinierten Handgriffen für diesen Tag in ihrem Büro einrichtet. Sie fährt den Computer hoch und checkt ihre E-Mails. Nein! Natürlich hat er ihr noch nicht geschrieben. Es ist ja erst

ein paar Stunden her, dass er ihr Bett und die Wohnung verlassen hat. Sie genießt diese Art Erschöpfung, die sich gewöhnlich einstellt, wenn Bert bei ihr war. Dieses Mal, denkt sie, wird er auch tun, was er versprochen hat. Heute ist ihr Tag. Sie beide stehen an dieser Kreuzung und werden die richtige Richtung einschlagen.

Die Wetterprognose im Internet verspricht kaum Erleichterung. Für diesen Tag jedenfalls, einen Freitag, den vierzehnten August. Bald aber schon werde sich das Wetter dramatisch ändern, wie das nach Perioden großer Trockenheit gewöhnlich der Fall sei. Sie stellt die Klimaanlage an, was sie nur mag, wenn sie nicht im Büro ist, und geht hinaus, um sich einen Kaffee aus dem Automaten zu holen. Sie bekommt leicht einen steifen Nacken, wenn das Gebläse ununterbrochen kalte Luft verströmt. Zudem hegt sie den Verdacht, dass schädliche Mikroorganismen im ganzen Haus verteilt werden.

Flure und Warteräume füllen sich mit Arbeitslosen.

Seit der Krise reichen die Kapazitäten kaum noch aus. Zu wenig Personal und weniger Budget, obwohl die Zahl der Empfänger um ein Drittel gestiegen ist. Die Stimmung im Amt ist auf dem Tiefpunkt. Sie kann es spüren, wenn sie durch diese Gänge geht. Die Unzufriedenheit. Den Frust. Die Widerstände gegenüber dem System, das auch sie repräsentiert, wenn auch nur auf einer unteren Ebene der Hierarchie. Übertretungen der Hausordnung, Übergriffe und tätliche Angriffe nehmen zu. Seit der Krise gibt es diese Security-Typen im Haus. Leute, denkt sie, die bloß den ganzen Tag rumstehen, blöd glotzen und zu nichts gut sind, wenn sie gebraucht werden. Arme Teufel im Grunde, ohne jede Qualifikation, die wie die anderen hier bei ihr um Geld anstehen würden, wären sie nicht von

irgendeiner dubiosen Firma in diese lächerlichen Kostüme gesteckt worden.
Als sie nach dem letzten Schluck Kaffee die erste Kundin aufrufen möchte, läutet das Telefon. *Kundin.* Was für ein Euphemismus hier! Die Chefin fordert sie auf, um elf Uhr in eine Teamsitzung im ersten Stock zu kommen. Es gehe dabei um die sogenannten Zumutbarkeitsbestimmungen, die noch immer viel zu lasch interpretiert und angewandt würden. Diese Bestimmungen schreiben vor, unter welchen Umständen ein Jobangebot auf keinen Fall abgelehnt werden darf. Bei Zuwiderhandeln ist der Bezug des Arbeitslosengeldes unverzüglich einzustellen. So lautet jedenfalls die Direktive. Aber wie soll sie einer Alleinerzieherin von drei kleinen Kindern in die Augen schauen und ihr dabei die Unterstützung streichen, weil die es nicht schafft, so nebenbei auch noch einen 30-Stunden-Job auf die Reihe zu kriegen?
Tatsächlich hat sie gehofft, Bert würde am Telefon sein. Gerne hätte sie gehört, dass er es endlich gewagt hat, mit seiner Frau über alles zu reden.

Dann fertigt sie der Reihe nach Kunden ab. Sie muss es selbst so nennen: *abfertigen.* Im Schnitt hat sie pro Person nicht mehr als zehn Minuten Zeit. Das ist eindeutig zu wenig, wenn sie auch noch mithelfen muss, Formulare und Anträge auszufüllen, weil der Kunde kaum Deutsch kann und oft nicht mal in seiner eigenen Sprache alphabetisiert wurde. Und immer wieder diese Geschichten, die ihr aufgetischt werden. Haarsträubende Ausreden und unverschämte Lügen, warum etwas nicht geht, was doch so einfach scheint. Manche der Arbeitslosen betreut sie nun seit Jahren und ein paar von denen haben schon seit langem

Stütze bezogen, als sie ihr damals zugeteilt wurden. Aber das sind keineswegs immer chronisch Kranke, Junkies, Alkoholiker oder Depressive, sondern mitunter gesunde, gut ausgebildete Frauen und Männer im besten Alter, die ihr Arbeitslosengeld als Grundeinkommen betrachten, das mit Schwarzarbeit gut aufzubessern ist.
Kein System ohne Fehler! Das denkt sie dann, zum Trotz oder zum Trost, wenn sie ausgenutzt und für dumm verkauft wird, ob nun von Kunden oder Vorgesetzten.

# 4.

**Hat sie wirklich** wieder von einem brennenden Saal geträumt? Flammen, die Tapeten fressen, der Bühnenvorhang, die ersten Reihen, alles in Brand gesteckt von einer mysteriösen Macht. Menschliche Fackeln, die auf der Suche nach einem Ausgang durch die Reihen taumeln. Aber alle Türen brennen lichterloh, und sogar die großen Kristallluster über den Köpfen der panischen Menge haben sich entzündet. War das nur ein Traum? Oder hat sie es sich vorgestellt, als sie bereits wach war und mit noch geschlossenen Augen nur so da lag und auf ein Zeichen wartete, um endlich aufzustehen und diesen für sie so wichtigen Tag in Angriff zu nehmen.

Mechanisch streicht sie Butter auf ein Stück Vollkornbrot, dann Marmelade, beißt ab, nimmt einen Schluck vom Kaffee, versinkt wieder in Gedanken über diesen Traum. Oder was es auch immer war. Ein Wachtraum. Eine schreckliche Offenbarung. Ein prophetischer Blick in die Zukunft vielleicht? Am Abend wird sie in einem solchen Saal auf der Bühne stehen, ganz allein, und mit der Erinnerung an diese Flammen kämpfen, während sie sich von Pointe zu Pointe rettet. Einmal hat sie gesehen, wie das Publikum vor lauter Lachen Flammen spie.

„Du bist ein Profi", sagt sie laut, erhebt sich und schlurft im Morgenmantel ins Bad. „Du bringst die Leute zum Lachen, wenn Du selbst heulen könntest." Das kühle Wasser der Dusche wird diese Gedanken vertreiben, hofft sie. In letzter Zeit ist sie sehr damit beschäftigt, solche Träume und Gedanken auf Distanz zu halten. Der junge Mann, der in ihrem Bett liegt, ist auch nur ein weiterer Versuch, sich von diesen Schatten abzulenken. Sobald er aufwacht, wird sie ihn wegschicken.

Dieses Haus in den Weinbergen – mit Blick über das Weichbild der Stadt – ist der Beweis, dass sie es geschafft hat. Das hat sie so oft gehört, dass sie es selbst glaubt. Ein gefährliches Kompliment. Ein Haus ist schließlich nur ein Haus, auch wenn viele, die es sehen, in Entzücken darüber geraten. Eine solche Lage. Diese extravagante Ausstattung. Und erst dieser Ausblick! Seit Monaten sieht sie fast nur den Smog, der da unten über der Skyline liegt. Ihr kommt vor, als würde sich dieser Dunst auch in ihr immer mehr ausbreiten. Nun steht sie schon eine halbe Stunde lang unter dem fließenden Wasser und genießt die Abkühlung. Die Empfindung aber, nicht und nicht sauber zu werden, sitzt hartnäckig irgendwo in ihr fest.
Um sich abzulenken, denkt sie an die Verpflichtungen des Tages. Sie hat einiges zu tun: Besorgungen, ein Treffen, ein Interview für das Fernsehen ... Auf jeden Fall aber will sie eine Runde durch die Weinberge laufen, das tut ihr bestimmt gut. Obwohl sie zurzeit dabei das Gefühl nicht los wird, vor etwas davonzulaufen. Vor diesem unbestimmten Zweifel, der an ihr nagt, dem Nebel in ihr, den zu vielen Schatten. Vor dem Inferno ihrer Träume vielleicht? Beim Laufen fallen gewöhnlich alle quälenden Überlegungen nach und nach von ihr ab. Dann ist sie, wenn sie am Abend ins Licht der Scheinwerfer tritt, leer bis auf ihre Lachnummern.
Nun hat sie eine Gänsehaut bekommen und zittert leicht. Wegen des allzu kühlen Wassers. Sie steigt vorsichtig aus der Dusche. Sie ist überzeugt davon, dass sich irgendwann

irgendeine Komikerin den Hals brechen wird, wenn sie auf den nassen Fliesen eines Bades ausrutscht.

Sie stellt sich vor die Spiegelwand und nimmt kritisch Maß. Zweifellos! Sogar sie kann es sehen, obwohl der Blick auf den eigenen Körper bestimmt von Wunschdenken kompromittiert ist. Das vierzigste Jahr kommt auf sie zu. Verräterische Anzeichen häufen sich. Sie versucht sich auf etwas Erfreuliches zu konzentrieren. Ihre langen, grazilen Beine, die ihrem Gang stets etwas Exotisches verliehen haben und die sie, bis zur Mitte der Schenkel jedenfalls, noch immer gerne zeigt. Je länger sie auf das Spiegelbild ihrer Beine starrt, desto mehr Unvollkommenheiten entdeckt sie, die sie so noch nie wahrgenommen hat. Die kleine Pfütze um ihre Füße scheint aus Tränen zu bestehen. Wenn sie jetzt nicht handelt, kann sie sich gleich wieder im Bett verkriechen. Sie kämmt ihr halblanges Haar, steckt es hoch, schminkt sich ein wenig. So viel gerade, dass man nicht an Schminke denkt, wenn man sie ansieht, weil es zu wenig oder zu viel des Guten ist. Das ist wie mit dem Salz in der Suppe, denkt sie.
Morgenmantel, Holzpantoffeln von Camper, eine Korallenkette. Sie geht noch einmal zurück ins Bad, um ihre Uhr anzulegen. Dieses Ding, das vorgibt, die Zeit zu wissen, zeigt ihr, was um genau diese Zeit gemacht werden muss. Zum Glück ist sie eine erfolgreiche Frau, die es gewohnt ist, Entscheidungen zu treffen, und kein Kindermädchen, das den Erholungsschlaf jugendlicher Triebtäter überwacht. Das Klappern ihrer Pantoffeln auf den Fliesen aus Terrakotta markiert den Weg ins Schlafzimmer. Dieses energische Stakkato sollte ihm auf die Sprünge helfen, einen derart tiefen Schlaf hat der sich in dieser Nacht beileibe nicht verdient.

Sie platzt ins Halbdunkel des Zimmers. Die Jalousien sind so justiert, dass Streifen von Sonnenlicht den Raum in eine Art Käfig aus Licht und Schatten verwandeln. Nur Stille und das seltsame Hologramm, das diese Leere mit einer anderen, fast greifbaren Leere ausfüllt. „Aufstehen! Augen auf, mein Lieber. Auf ..." Das dünne Tuch aus lila Satin ist zurückgeschlagen, der Faltenwurf erinnert sie einen Moment lang an ein antikes Gewand, das jemand rasch abgestreift hat. Bett und Raum sind leer. Vom Hocker ist auch sein Gewand verschwunden, bemerkt sie mit einem Anflug von Entsetzen. Immerhin kann sie sich die Mühe sparen, ihn mit Rücksicht und falschen Versprechungen aus dem Haus zu komplimentieren. Irgendwie ist sie sogar erleichtert, sie hätte heute ohnehin keine Zeit mehr für ihn gehabt. Ein Rest Unbehagen bleibt dennoch zurück. Er sei in sie verliebt! Das hat er ihr gestern am Abend in dieser dunklen Bar mehrmals glaubhaft versichert. Hat sie seit Neuestem etwa Anlass, an ihrer Menschenkenntnis zu zweifeln? Oder gar an ihrem Leben? Sie hat noch viel zu tun, verbietet sich alle weiteren Fragen dieser Art und macht sich an die Arbeit.

## 5.

**Den Rest** der Strecke legt er zu Fuß zurück. Die Enge im Bus, die aufkommende Hitze, dieser blöde Typ, das hat ihn einfach explodieren lassen. „Du musst das in den Griff kriegen!“ sagt er laut zu sich, mehrere Male, während er nach einem Straßenschild Ausschau hält.
Verändern sich Städte eigentlich immer, wenn man längere Zeit weg ist? In diesem Viertel ist er aufgewachsen, jetzt erkennt er es kaum wieder. Früher war hier alles mehr oder weniger baufällig, nun ist alles von einer billigen Rechtschaffenheit, kommt ihm vor. Wie ein Herumtreiber, den man im Supermarkt neu eingekleidet hat. In den meisten Gesichtern, die ihm begegnen, haust jedenfalls das alte Dilemma: Frust, gepaart mit einer verzweifelten Gier. Er biegt in die nächste Gasse ein und zügelt seine Schritte. Er muss sich beherrschen, wenn er erreichen will, was er sich vorgenommen hat. Er weiß, dass er das kann. Seine Wut unterdrücken und nur der Stimme der Vernunft folgen. Wenn er in all den Jahren etwas gelernt hat, dann das. Er hat viel gelesen und sich schlau gemacht. Während die anderen mit dem üblichen Scheiß beschäftigt waren, hat er sich für Buddhismus, Zen und so Sachen interessiert. Meditation hat ihm geholfen, an einem Ort ohne Privatsphäre seinen eigenen Weg zu gehen. Aber jetzt muss er ein paar Dinge regeln, um das Gleichgewicht wieder herzustellen.
Inneres und äußeres Gleichgewicht.
Geist und Kosmos.
Yin und Yang.

Trotzdem steigt seine Nervosität, als er sich dem Haus nähert. Mit gesenktem Kopf und hochgezogenen Schultern raucht er sich eine an, ohne dabei stehen zu bleiben. Keine Kinder mehr auf den Straßen, denkt er. Beinahe ausgestorben, alles. Bilder von früher – wie aus einem experimentellen Film – zucken durch seinen Kopf. Schwarz-Weiß. Was macht er, wenn sie gar nicht da ist? Warten. Weit kommt sie ja nicht mehr. Auch dieses Haus ist renoviert und frisch gestrichen. Irgendwie verträgt sich das nicht mit seiner Erinnerung, die so vieles nicht kennt.

Das matte Schlurfen von Schritten. Dann öffnet sich die Tür einen Spalt breit und schlägt an eine Kette, die sich vor seinen Augen spannt. Ein lockiger, weißgrauer Schopf erscheint. Als sie den Kopf hebt, um ihn anzusehen, durchfährt ihn ein alter, vertrauter Schmerz. Sein Gedächtnis hat dieses Gesicht jahrelang konserviert. Er braucht ein paar Sekunden, um das Bild seiner Vorstellung mit dem abzugleichen, was er sieht. Schwarz glänzende Augen hinter dicken Brillengläsern. Als würde er ihre Augen durch Lupen betrachten. Geradezu winzig erscheint ihm das Gesicht im Verhältnis zu den Augen.
„Bitte?"
Dünn die Stimme vom Alter, etwas eingerostet. Doch er erkennt die Stimme, die früher so oft nach ihm gerufen hat. Fast immer mit der Sorge einer Mutter um ihr einziges Kind. Ein verwöhntes Kind, das ihr eine Niederlage um die andere bereitet hat.
„Mutter, ich bin´s", sagt er nur, während er zu hören meint, dass ihre noch junge, kräftige Stimme über den Hof schallt, um ihn zum Essen zu rufen.

Sie blinzelt ein paar Mal. Die Falten um Mund und Augen formieren sich anders. Dann nestelt sie mit zittriger Hand die Kette aus der Verankerung und öffnet die Tür.
„Du", sagt sie, „du also ...", mehrere Male. Sie tritt einen Schritt zurück und breitet die Arme aus. Hebt ihr Gesicht ins Licht, das durch ein Fenster im obersten Stock des Stiegenhauses fällt. Ihre Augen suchen ihn, obwohl er fast direkt vor ihr steht.
Er küsst sie auf die Wange aus Pergament und nimmt sie in die Arme. Sanft, um nichts zu zerbrechen, mit einem Anflug von Scham, den er nicht zuordnen kann. Jemandem so nahe zu sein, hieß meist mit ihm kämpfen. Bei Turnieren, die von der Gefängnisleitung veranstaltet wurden, oder bei diversen Auseinandersetzungen unter Häftlingen. Er erwartet den aggressiven Geruch von Schweiß. Stattdessen ein Duft nach Moder, der aus ihrer Kleidung aufsteigt, vermischt mit Spuren eines Parfums und einem Hauch Inkontinenz. Ihre großen Augen hinter den Brillen schwimmen im Glück, als er sich vorsichtig von ihr löst. Es fällt ihm schwer zu schlucken, so trocken ist seine Kehle plötzlich.

Mit sparsamen, ritualisierten Bewegungen hantiert sie am Herd. Sie muss beinahe blind sein, denkt er. Aber ihre Augen waren ja schon immer schwach. Sie konnte mit dem Herzen sehen. Was er nicht selten ausgenutzt hat. Ohne es zu wollen, einfach weil sie seine Mutter war. Sein Vater war nicht mehr als eine Erinnerung der Mutter. Ein Gespenst, an das er nicht lange glaubte. Gott oder Teufel, je nachdem, wie sie gerade aufgelegt war. Sie hat ihn sehr vermisst, das weiß er. Für ihn aber war die Welt voller Väter, die ihn alle am Arsch lecken konnten.

Mit kleinen Schlucken trinkt er das kühle Bier aus der Flasche. Spürt die Wirkung des Alkohols wie ein Teenager, während er Fragen beantwortet, ohne darüber nachzudenken. Er beobachtet sie von der Seite. Diese alte, runzlige, fragile Frau ist der einzige Mensch, der ihm geblieben ist. *Die eiserne Braut.* So werden Mütter von Häftlingen im Jargon genannt, weil sie meist länger als andere – Freunde, Kollegen, Frauen – zu den Asozialen stehen. Weil die ihren Kindern treu sind bis zum Schluss. In guten wie in schlechten Zeiten. Vor allem auch dann, wenn kein Happy End in Sicht ist.

Wie schon früher meist stellt sie kaum Fragen. Fragen und Antworten liegen in ihrer Miene, dem Blick, ihren Gesten. Sie hat ihn nicht verurteilt, damals, als es anfing, mit kleinen Straftaten, die ihn vors Jugendgericht brachten. Bedingte Strafen mit der Weisung, Bewährungshilfe in Anspruch zu nehmen. Raub, Nötigung, Hehlerei, Suchtgifthandel ... und immer wieder Körperverletzung. Das war seine Domäne. Später dann schwere Körperverletzung mit Todesfolge und das erste Mal richtiger Knast. Nie hat sie mit ihm gebrochen. Doch da war diese Trauer, die sich in seiner Mutter festsetzte. Sie begann um ihn zu trauern, obwohl er am Leben war.

Spiegeleier mit Schinken, beidseitig gebraten, wie er es mag. Sie fragt ihn nicht, ob er noch ein Bier will. Unter dem Einfluss von Alkohol hat er die übelsten Straftaten gesetzt. Er steht auf und holt sich noch eine Flasche. Ihr glänzender Blick, der wahrscheinlich nur mehr Konturen wahrnimmt, folgt ihm. Etwas ist in ihren Zügen. Nein, kein Misstrauen, nur diese alte Furcht vor der nächsten Enttäuschung. Er streicht ihr über den Rücken, drückt ihr einen Kuss auf die Stirn. Trotzdem liegt auf einmal Verrat in der Luft.

„Bleibst du?" Ihre Stimme glaubt nicht daran.
Er zögert, nimmt ihre von der Gicht krummen Hände in seine: „Ich weiß nicht. Heute noch nicht. Ich muss ein paar Dinge regeln."
Sie kennt nichts anderes. Stets sind die Männer gegangen. Zurück kam immer wieder nur er. Dieser missratene Sohn, den sie so sehr liebt, weil er ihr so oft das Herz gebrochen hat. Manchmal lagen Ewigkeiten dazwischen. Sie ergraute. Ihre Finger wurden krumm. Ihr Augenlicht verdüsterte sich. Doch nie hörte sie auf zu warten. In diesem Warten lag ihre ganze Hoffnung, dass eines Tages doch alles anders sein könnte. Er würde kommen, um ihr zu sagen, dass er heiratet. Davon träumte sie manchmal. Er würde einer geregelten Arbeit nachgehen und eine Familie gründen. Beim Gedanken an ein Enkelkind seufzt sie. Oft erscheint es in diesen Träumen. Ein Mädchen mit rotblonden Locken, grünen Augen und Grübchen in den Wangen. Über diese Dinge spricht sie mit keinem Menschen. Nur mit dem Gekreuzigten, der neben der Kredenz an der Wand hängt. Dann fällt ihr meist auf, dass seine rechte Hand fehlt. Auch eine Art Körperverletzung, tatsächlich aber ein Anschlag auf den heiligen Geist. Ihr Sohn hat Gottes Sohn verstümmelt. Eines Nachts, beim Streit um Geld, als sie in ihrer Verzweiflung Jesus um Hilfe gebeten hat. Nach einigen Versuchen, sie ihm anzukleben, bewahrt sie die Hand nun in der Schublade mit dem Ersparten auf.

Nach dem Kaffee verbreitet er Unruhe. Steht auf, geht scheinbar ziellos durch die Wohnung, reißt Türen auf, die sie seit langem nicht mehr geöffnet hat. Die Möbel im Schlaf- und Wohnzimmer sind in eine Plastikfolie gehüllt. Diese Räume ähneln Installationen irgendeines Künstlers, die hier

unbemerkt eine Epoche überdauert haben. Er zieht die Hülle von einem der Kästen im Schlafzimmer und nimmt einen Leinenanzug, ein Hemd und ein paar Schuhe heraus. Die Mutter steht wortlos in der Tür, während er sich umzieht. Drinnen hat er sich fit gehalten. Die Sachen passen ihm noch. Der Gestank nach Mottenkugeln wird verschwinden.
Noch einmal greift er in den Kasten, ganz tief hinein, und holt eine Kassette heraus. Er wirft einen Blick darauf. BASF steht da gedruckt und darunter, in seiner Handschrift, *Dreierbande*. Er nickt und lässt das Ding im Sakko verschwinden. In diesem porzellanblauen, italienischen Anzug fühlt er sich wie ein anderer Mensch. Er lächelt sein schmales Lächeln in den Spiegel im Vorraum. Er ahnt, dass er dennoch der Alte geblieben ist, ausgestattet bloß mit neuen Kräften und Ideen. Der Typ von Kontrolleur kann froh sein, dass er diese harten, rahmengenähten Schuhe noch nicht getragen hat, als er ihm den Tritt in die Weichteile verpasst hat.
Wieder fragt sie ihn, ob er bleibt und sie ein Bett für ihn herrichten soll. Sie wäscht das Geschirr mit erstaunlich flinken Bewegungen ab, den Rücken ihm zugekehrt. Er sitzt da, nuckelt an einem weiteren Bier, das sie ihm nicht gleich geben wollte, und raucht hastig. Das sei nicht nötig, sagt er. Und dass er eine Unterkunft habe und ihr nicht zur Last fallen wolle.
„Du bist mein einziges Kind", sagt sie. „Ich hab sonst niemanden mehr."
„Lieb von dir, Mutter", sagt er. Er weiß jetzt, wie laut er sprechen muss, damit sie ihn gut versteht.
„Wann kommst du wieder?" Vorsichtig fragt sie ihn das, um nicht allein durch den Tonfall eine schroffe Antwort zu provozieren.

„Ich brauche Geld."
Sie reagiert nicht. Trocknet weiter ab.
„Ich brauche Geld!"
Sie antwortet immer noch nicht. Er dämpft die Zigarette aus, als würde er ein Insekt zerquetschen. Sie legt das Geschirrtuch weg, nickt ein paar Mal und schlurft ins Schlafzimmer. Er folgt ihr lautlos, bleibt in der Tür stehen. Sie zieht ein Stück der Folie von der Kommode, öffnet eine Lade und nimmt eine Schatulle heraus. Würde sie nur ein wenig den Kopf heben und nicht am Star leiden, könnte sie ihn im Spiegel über der Kommode sehen. Wie er im Türstock lehnt, lässig in diesem Anzug, und jede ihrer Bewegungen beobachtet.
Als sie in die Küche kommt, sitzt er am Tisch. Er starrt auf den Rücken seiner Faust. Mit fließenden Bewegungen lässt er eine Bierkapsel über seine Finger wandern. Kunstgriffe, die man im Gefängnis lernt. Um das Vakuum der Stunden mit irgendwas auszufüllen. Schein um Schein legt sie vor ihn auf den Tisch. Er zählt nicht mit, denkt an etwas anderes. Denkt an einen Haufen Geld, wie ihn seine Mutter noch nie gesehen hat. Und daran, dass es an der Zeit ist, endlich zu korrigieren, was vor vielen Jahren schiefgelaufen ist.
„Danke", sagt er. „Du kriegst alles zurück, wenn ich wieder da bin."
Ihre Falten ordnen sich zu einem Lächeln.
„Machst du mir noch einen Kaffee?"
„So viel du möchtest", sagt sie.
„Ich muss mal."
Er steht auf und geht aus der Küche. Aber statt ins Klo biegt er ins Schlafzimmer ab. Ein paar Handgriffe, und die Schatulle ist offen. Er nimmt den ganzen Packen Geld

heraus und stopft ihn sich in die Sakkotasche. Er zwingt sich, sich selbst im Spiegel in die Augen zu schauen. Am liebsten würde er seine Sonnenbrille aufsetzen. Das Blau seiner Augen reflektiert das Blau seines Sakkos. Immer schon haben seine Augen die Blautöne seiner Umgebung angenommen. Dieses Gesicht im Spiegel ist noch attraktiv, obwohl man dem Mann ziemlich zugesetzt hat. Mit einem raschen zweiten Griff holt er die kleine Hand heraus, die am Kruzifix neben der Kredenz fehlt. Diese Hand aus Elfenbein kennt er nur zu gut. Er lässt sie in seine Brusttasche gleiten. Nach einem kurzen Zögern zieht er das Bündel Geld aus seinem Sakko, zählt ... drei, vier, fünf Scheine ab und steckt sie zurück in die Schatulle. Im Vorraum öffnet er die Tür zum Klo und betätigt die Spülung. Den Kaffee trinkt er in der Küche im Stehen.

Wenn er etwas nicht mag, dann Abschiede dieser Art. Er beugt sich hinab, um die alte Frau zu umarmen und ihr einen Kuss auf die Wange zu geben. Sie weint. Er kann es nicht hören, aber spüren. Lautlos gluckst sie in sich hinein. Frauentränen sind so ziemlich das einzige, was ihn hilflos macht. Hilflosigkeit weckt Aggressionen. Die wiederum haben ihn schon oft in Schwierigkeiten gebracht. Er befreit sich aus der Umarmung. Mit ein paar steifen Schritten verlässt er die Wohnung. Er kann sich nicht erklären, warum es sich dieses Mal wie ein Abschied für immer anfühlt.

Auf der Straße setzt er die Ray Ban auf. Er braucht ein paar Dinge. Was er aber vor allem benötigt, sind Informationen. Wo er war, lernt man entweder sich zu beschaffen, was man braucht, oder man bleibt auf der Strecke. Hin und wieder begegnet er einem bekannten Gesicht, das er nicht zuordnen kann. Ihn scheint hier niemand mehr zu erkennen. In diesem Viertel, wo er aufgewachsen ist. Die Zeit ist ein Allesfresser, denkt er. Manche weichen ihm mehr aus, als nötig wäre. Beim Fröbelpark steigt er in ein Taxi.

# 6.

**Silvia steht auf** und geht auf die Toilette für Angestellte, um sich die Hände zu waschen. Wenn ihr ein solcher Kunde die Hand gegeben hat, muss sie alles abwaschen: Schweiß, Schmutz, Bakterien und wer weiß, was noch alles. An manchen Arbeitstagen rennt sie zehn Mal aufs Klo, um sich zu reinigen. Dann schrubbt sie mit dem Dreck von den Händen, den diese Begegnungen bei ihr hinterlassen, auch gleich den von der Psyche ab.

Der gerade hat gestunken wie ein Straßenköter, der nach einem Regen beim Ofen liegt. Dabei hatte der Mann einmal alles, was man sich so wünscht. Einen gut dotierten Job in einer renommierten Firma, Familie, einen gehobenen sozialen Status und die Aussicht auf einen Lebensabend ohne Sorgen. Dann plötzlich – scheinbar mitten im Glück – drei Infarkte in einem Jahr, der letzte hat ihn ein halbes Jahr ans Bett gefesselt. Peng! Peng! Und noch einmal Peng! Zuerst verlor er seine Gesundheit, dann den Arbeitsplatz, die Frau ... Sie kennt diese Spirale nach unten. Jeden Tag hat sie damit zu tun. Dann platzen die Kredite, und das Arbeitslosengeld wird bis auf das Existenzminimum gepfändet. Keine Erholung für das geschundene Herz in Sicht, an dem letztlich doch alles hängt! Die Existenz schrumpft tatsächlich auf ein Minimum, zieht sich zusammen wie ein Plastiksack, aus dem alle Luft gesaugt wird. Kaum jemand, der dann nicht mit dem Saufen anfängt beziehungsweise das Quantum erhöht. Was soll man auch mit einer gesunden Leber, wenn das Herz völlig hinüber ist? Saufen fördert das Entstehen von Depressionen

und diversen Geisteskrankheiten, Spleens und Ticks. Da hilft oft nur noch die chemische Keule, Tabletten in allen möglichen Größen, Farben und Formen. Manche erkennen sich nicht mehr wieder, wenn sie in den Spiegel blicken, hören schließlich damit auf. Endgültig. Dann ist auf einmal auch die Wohnung weg. Das Vegetieren auf der Straße gibt einem schließlich den Rest. Sie riechen sich nicht mehr, sehen sich nicht mehr und hören nicht mehr, was sie selbst oder gar andere sagen. Ein typischer Fall, denkt Silvia, der Kunde, der gerade bei ihr war. Wie so viele. Immer mehr.
Sie öffnet das Bürofenster und schaltet die Klimaanlage auf die höchste Stufe, um den hartnäckigen Gestank zu vertreiben. Von den Wartenden auf dem Flur geht an diesem Tag eine besonders miese Stimmung aus. Diese Mischung aus Unterwürfigkeit, Lethargie und verdeckter Aggression. An einem Tag, an dem ihr Außenthermometer um zehn Uhr bereits siebenundzwanzig Grad anzeigt. Sie denkt an die Teamsitzung, die bald stattfinden wird. Es ist immer das Gleiche: Strengere Richtlinien von oben, viele gute Vorsätze auf allen Ebenen, aber eindeutig zu wenig Realismus. Hoffnung allein bringt hier niemanden weiter. Die Idealisten – oder Zyniker? – sitzen in den oberen Etagen und haben im Grunde keine Ahnung, mit wem sie es hier zu tun haben. Der Alltag einer beliebigen Kundenbetreuerin sieht aus wie die Schlange der Arbeitslosen, die sich jeden Morgen auf der Straße vor dem Haus neu formiert. Die meisten sehen nur diese Menge, aus der Ferne, sie aber schaut jedem Einzelnen ins Gesicht.

In ihrer Kaffeepause, die sie, so es sich einrichten lässt, von zehn bis zehn Uhr fünfzehn hält, surft sie im Internet.

Liest Zeitung, sucht nach Angeboten, schreibt E-Mails, schaut nach, wie das Wetter werden wird. Angeblich. Niemand hat das Wetter im Griff. Dieser Gedanke bereitet ihr Genugtuung. Ein Ende der Hitzewelle ist nicht in Sicht. In den Straßen beginnt bereits der Müll zu stinken. Sie glaubt nie ganz an diese Vorhersagen, und irgendwie wird sie das Gefühl nicht los, dass es bald regnen könnte.
Das Telefon ... Die Telefonistin aus der Servicezone hat ein Gespräch für sie.
„Patuzzi, AMS, guten Tag." So meldet sie sich gewöhnlich. Sie weiß nicht, ob es dienstlich ist oder privat.
Nichts. Niemand meldet sich. Nur dieses Summen. Als würden die Leitungen in der Hitze zu singen beginnen.
„Hallo?"
„Silvia?"
Eine Stimme, die ihr trotz der elektronischen Veränderung sofort bekannt vorkommt. Die goldblonden Härchen an ihren Armen richten sich auf, noch bevor sie weiß, wer das ist.
„Ich hab versprochen, dass ich mich melde, wenn es soweit ist."
Wellen der Erinnerung überschwemmen sie, während sie nach Worten sucht. Das alles ist so lange her, dass es gar nicht zu ihrem Leben zu gehören scheint. Sie hat es in Schichten vergraben, die nie mehr freigelegt werden sollten.
„Du ... also, da gibt es ... nichts ... Das ist vorbei und vergessen", stottert sie ins Telefon. Sie spürt, wie ihr der Schweiß ausbricht.
„Wir werden uns heute noch sehen", sagt er nur.
„Ich will ... kann ... Das geht nicht. Auf keinen Fall!" Hysterie kommt in ihr hoch. Ein Beben geht durch das Haus. Die Koordinaten ihres Büros geraten aus dem Lot.

„Ich ruf dich später auf dem Handy an", sagt er noch.
Sie behält den Hörer am Ohr, hört wie in Trance in die Leitung hinein. Fremde Signale, die ihr auch nicht helfen können. Bert, denkt sie. Der wird ihr helfen müssen! Zum Glück ist sie mit ihm zum Mittagessen verabredet. Sie schaut auf die Uhr. Sie fühlt sich, als fiele sie durch ein Loch in der Zeit. Sie fällt und fällt und hat keine Ahnung, an welchem Ort sie landen wird. „Jetzt reiß dich gefälligst zusammen!" Das presst sie, wie ein Mantra, mit auf dem Schreibtisch geballten Fäusten, immer wieder aus sich heraus, bis sie sich endlich entspannt. In einer viertel Stunde beginnt die Teamsitzung. Bis dahin sollte sie sich einigermaßen im Griff haben. Aber was tun, um sich abzulenken? Sie ruft die Website einer Bank auf. Wie immer klickt sie in der Menüleiste auf das Symbol mit dem Schloss, um die Seite zu verifizieren. Lächerlich, denkt sie, aber es beruhigt sie in dieser Situation. Ein Anruf von einem anderen Planeten, der nun offenbar mit der Erde kollidiert ist. Sie gibt die erforderlichen Kennwörter und Zahlencodes ein. Die schriftlichen Unterlagen hat sie damals alle vernichtet. Die Zugangsdaten sind nur in ihrem Kopf gespeichert und in den Tiefen des virtuellen Netzes, die aber so tief gar nicht sind, wie sie weiß. Für die jedenfalls, die sich auskennen und wissen, wie sie danach suchen müssen.
Ein Blick auf den Kontostand, das genügt ihr im Moment. Es ist noch alles wie beim letzten Mal. Es ist sogar mehr geworden, weil die Habenzinsen dazu gekommen sind. Seit der Krise ist sie froh darüber, dass sie der Bank nicht erlaubt hat, in Wertpapiere zu investieren. Dieses Geld sollte auf keinen Fall irgendwie auffallen. An der schwarzen Zahl, die sie einmal im Monat kontrolliert, hängen ihre Vorstellungen von der Zukunft. An Bert und dieser

Zahl, genau gesagt. Eine Zukunft, in der sie dieses Büro, dieses Haus und die frustrierten Gesichter da draußen hinter sich lassen würde. Für immer.

Um sich zu beruhigen, versperrt sie die Bürotür und macht drei Tibeter. Geist und Körper in Einklang bringen, das versucht sie, seit sie in die Hauptstadt gezogen ist und ein neues Leben begonnen hat. Ein *neues* Leben? Ein anderes Leben, muss es wohl heißen, besonders nach diesem Telefonat, das sie unversehens in eine persönliche Krise stürzt. Das Alte taucht einfach auf und holt das Neue ein. Deshalb ist es wohl korrekter, von einem anderen Leben zu sprechen, in dem das Alte, wenn auch im Moment unsichtbar, immer noch vorhanden ist. Sie sucht ein paar Sachen zusammen: Kalender, Kuli, ein Rundschreiben der Geschäftsführung, schenkt sich ein Glas Wasser ein und schminkt sich routiniert die Lippen.
Schon bevor sie auf den Gang hinaus tritt, kann sie es hören: Geräusche, die es so hier nicht geben dürfte. Möglicherweise ist unter den Arbeitslosen ein Aufruhr ausgebrochen und sie sollte sich erst einmal im Büro verschanzen und abwarten? Vor kurzem erst ist es in Frankreich zu Ausschreitungen gekommen. Eine Revolte der vom System Erniedrigten und Beleidigten. Schreie des Entsetzens gellen durchs Haus. Eilige Schritte, die sich zu einem Getrampel steigern, Rufe, die sie nicht versteht, und das Knallen der Türen, die anscheinend wahllos aufgerissen und zugeschlagen werden. Vorsichtig öffnet sie die Tür einen Spalt breit und lugt hinaus. Aus der Richtung, die sie einsehen kann, kommen allerhand Leute gelaufen, als wären sie vor irgendetwas auf der Flucht. Kunden vor allem, aber auch Kollegen, denen Entsetzen das Gesicht entstellt.

Vom Ende des Flurs stürmt eine riesige Fackel auf sie zu, taumelt bald mit erhobenen, von Feuer umloderten Armen durch den Gang und treibt Menschen in Panik vor sich her. Rot, Orange, Grau und Blau züngeln an der Gestalt empor, die eine Rauchspur mit sich zieht, der einige in sicherem Abstand folgen, die dem Brennenden zu Hilfe kommen wollen.
Silvia schließt die Tür fast ganz, als die Feuersäule an ihrem Büro vorübertorkelt. Was sie durch den Spalt sieht, brennt sich in ihr Gedächtnis: Das Gesicht eines Menschen in Todesangst, Augen und Mund weit aufgerissen, wie ein in den Flammen Ertrinkender. Auf ihrer Höhe beginnt sich die lodernde Gestalt um die eigene Achse zu drehen. Dann ist sie vorbei, und Silvia wagt es, die Tür zu öffnen und ihren Kopf hinauszustecken. Ein Schwall Hitze schlägt ihr entgegen. Die Hitze des Vormittags, angereichert mit der Hitze dieses Mannes, die nach Benzin stinkt. Sie dreht ihren Kopf und sieht ihn wanken. Mit einem grauenvollen Schrei schlägt er schließlich am anderen Ende des Flurs lang hin. Nun kommen seine Verfolger nahe genug an ihn heran, um den Inhalt eines Feuerlöschers auf ihn zu entladen.
Silvia tritt auf den Gang hinaus, macht mit zittrigen Knien ein paar Schritte und bleibt in gebührendem Abstand stehen. Ihr ist plötzlich kalt. Sie fröstelt und schlingt ihre Arme um ihren Körper. Als würde sie im Winter irgendwo zu lange auf einen Bus warten, damit der sie endlich fortbringt. Weg von allem, was sie nicht mehr sehen, hören und ertragen will.

## 7.

**Eigentlich** wäre er an diesem Morgen damit dran. Als Erster aufstehen, das Frühstück richten, Boris wecken ... Der Wecker hat bereits aufgehört zu piepsen und er rührt sich immer noch nicht. Rosa stützt sich im Bett auf und dreht sich zu ihm herum. Sie kann sich nicht daran erinnern, wann sie damit begonnen haben, einander beim Schlafen die Rücken zuzuwenden. Boris muss schon auf der Welt gewesen sein. Sie weiß aber, dass Bert damit angefangen hat und sie es irgendwann nicht mehr ertragen konnte. Aus Trotz ist sie in eine identische Stellung geflüchtet, obwohl es ihr nicht leicht fiel. Die Seite, auf der sie seit Jahren schläft, ist definitiv nicht ihre Lieblingsseite.
Die beiden Fenster des Schlafzimmers schauen nach Osten. Hinter den Jalousien funkelt der junge Tag. Bert hat seinen Kopf weit über den Nacken in den Rücken geschoben, sein Mund steht offen, das Haar ein zerzaustes Nest. Dieser Anblick erinnert Rosa an ein Fossil in uraltem Gestein, das sie vor kurzem mit Boris im Naturhistorischen Museum gesehen hat. Ein Flugsaurier.
Er schnaubt leise, sein Atem riecht ein wenig nach Alkohol. Er war nach der Arbeit mit Freunden aus, fällt ihr ein, schon wieder, es muss spät geworden sein. Zur Strafe sollte sie ihn unsanft wecken und daran erinnern, dass eigentlich er heute das Frühstück machen müsste. Über die Häufigkeit dieser Männerabende wird ohnehin noch zu reden sein. Doch wenn sie ihn jetzt schlafen lässt, hat sie etwas gut. Sie gleitet aus dem Bett und geht barfuß ins Bad. Unterwegs wirft sie einen Blick ins Kinderzimmer.

Diese lockere Spannung im Körper ihres Kindes. Er wirkt aufgeladen mit Energie für diesen Tag. Und der unvergleichliche Duft, den er verströmt. Den würde sie neben vielen anderen Gerüchen blind erkennen. Sie mag es, durch die Wohnung zu streifen, wenn die beiden noch schlafen. Die Stille, nur das Tapsen ihrer nackten Füße auf dem kühlen Boden. In dieser friedlichen Ruhe kann sie am besten über alles nachdenken. Während sie Vorbereitungen trifft für das Erwachen *ihrer Männer*, wie sie Bert und Boris gern bei sich nennt, denkt sie ein paar Dinge durch, die sie seit Monaten beschäftigen.
Unter der Dusche beginnen mit dem Wasser auch die Ideen zu fließen. Einiges in ihrem Leben muss sich ändern, davon ist sie immer mehr überzeugt. Natürlich könnte auch alles einfach so weiterlaufen, es geht ihnen ja ziemlich gut. Alle sind gesund, Bert hat eine interessante, gut bezahlte, sichere Arbeit, so dass sie weiterhin zu Hause bleiben könnte, und Boris wird den Umstieg vom Kindergarten in die Schule gut verkraften. Er ist ein intelligentes, aufgewecktes, hübsches Kind, wie sie es sich nur wünschen können. Trotzdem beschleicht Rosa immer öfter das Gefühl, ihr Glück könnte sich eines Tages in nichts als Routine verwandeln. In ein Nebeneinander anstelle des Miteinander.
Nein, denkt sie auf dem Weg in die Küche, ich werde die Sache jetzt selbst in die Hand nehmen! Mit ihrer Ausbildung und Praxis wird es wohl trotz der Krise möglich sein, eine entsprechende Arbeit zu finden. Bei der nächsten Gelegenheit wird sie Bert damit überraschen, dass sie wieder arbeiten gehen will. Er hat es mittlerweile aufgegeben, sie davon überzeugen zu wollen, dass ihr das guttun würde. Ihr und ihnen. Allen. „Der Mensch braucht eine Aufgabe

jenseits der Familie", das hat er immer wieder betont. Nun empfindet sie auch schon so. Wenn die Männer aus der Wohnung sind und die nötigen Arbeiten erledigt, weiß sie oft nichts mit der Zeit und sich anzufangen. Sie telefoniert stundenlang mit ihrer Mutter, deren Ansichten sie immer weniger teilt.

Noch etwas bereitet ihr seit kurzem Sorgen, obwohl ihre Mutter gemeint hat, das sei eben der Lauf der Dinge und völlig normal. Das Begehren der ersten Zeit mit Bert ist aus ihrem Leben verschwunden. Seit Boris auf der Welt ist, haben sie so gut wie nicht mehr miteinander geschlafen. *So gut wie*, weil sie es noch eine Zeit lang versucht und dann nach und nach aufgegeben haben. Das heißt, sie muss sich das eingestehen: Bert wollte sie manchmal aus der Reserve locken, sie fand aber keinen Gefallen mehr daran. Sie hat keine Ahnung, warum das so ist. Bis vor kurzem war sie damit ganz zufrieden. Um nicht zugeben zu müssen, dass sie jede Lust, mit ihrem Mann zu schlafen, verloren hat, inszenierte sie hin und wieder ein kleines Schauspiel. War sie sich absolut sicher, dass er keine Lust auf sie hat, machte sie ihm vor, nun endlich so weit zu sein. Und zwar unverzüglich. Es konnte natürlich nur schiefgehen und irgendwann hörte auch das auf. Vielleicht war das damals, als sie begannen, Rücken an Rücken zu schlafen. Mit einem Meter Abstand zwischen sich. Sie spürt, dass sich das alles ändern muss, wenn sich sonst nichts ändern soll, nichts Grundlegendes jedenfalls. Sie nimmt sich fest vor, diese Probleme bald zu lösen.

Plötzlich ist Boris in der Tür. Wach geworden vom Scheppern des Geschirrs, mit dem sie in der Küche hantiert, steht er da, wartet auf ihr „Morgen, mein Süßer" und dass

sie kommt, ihn zu sich hochhebt, küsst und ihm über die struppigen Haare streicht. Sie setzt ihn ab und ermahnt ihn, nicht ohne Hausschuhe über die Fliesen zu laufen, obwohl sie selbst noch barfuß ist. Von einer Sekunde zur nächsten hellwach, saust er in sein Zimmer, kommt mit Sandalen an den Füßen und einem Puzzle zurück. Auf einem Hocker neben ihr beginnt er damit, die ersten Teile auf der Anrichte auszulegen und zu verorten. Sie staunt noch immer jedes Mal, mit welchem Geschick er die richtigen Stücke aus dem Haufen klaubt und zu einem Bild arrangiert. Logisches Denken und Intuition verschmelzen dabei auf eine spielerische Weise. Die Ahnung, dass diese Fähigkeit verschwinden wird, um einer Anpassung an was auch immer Platz zu machen, behagt ihr nicht.
Der Duft von frischem Kaffee breitet sich in der Wohnung aus. Wenn er das Schlafzimmer erreicht, wird auch Bert aufstehen, etwas zu spät, und seine Verrichtungen wie auf Autopilot erledigen. Sie weiß, wie das abläuft. Als sie noch allein war und auf eine Familie gehofft hat, hat sie sich nach solchen Ritualen gesehnt. Etwas, das ganz selbstverständlich passiert, immer auf dieselbe Art, und so den Eindruck von Stabilität vermittelt. Etwas, das nicht optimiert werden muss, weil es perfekt ist, wie es ist. In einer Schicksalsgemeinschaft ist genügend Raum für banale Wiederholungen.
Sie hört die Tür des Schlafzimmers. Bert ist aufgestanden. Auf dem Weg ins Bad lässt er ein mürrisches „Morgen allerseits“ hören, mit belegter Stimme, als hätte er über Nacht wieder mit dem Rauchen begonnen. Boris trinkt seinen Kakao, während er sein Puzzle auflegt. Rosa setzt sich mit dem Kaffee an den Tisch und wartet. Im Radio kommen Nachrichten von verheerenden Waldbränden in

Kalifornien und Griechenland. Sie ist sich nicht mehr sicher, ob das ein guter Zeitpunkt ist, um Bert mit ihren Vorschlägen zu kommen. Er ist spät dran, hat es bestimmt eilig und wahrscheinlich ist es ohnehin besser, solche Dinge in aller Ruhe am Abend zu besprechen. Dabei fällt ihr ein, dass sie an diesem Abend mit einer Bekannten von früher verabredet ist, die sie nach Jahren zufällig in der Stadt getroffen hat. Ruth hat sie eingeladen, zu einer Veranstaltung mitzukommen, für die sie Freikarten hat, und sie hat das Angebot angenommen. Gar nicht so sehr, weil sie dieses Wiedersehen vertiefen will, vielmehr um Bert zu zeigen, dass auch sie Gelegenheiten hat, ohne ihn auszugehen. Boris wird von der Oma abgeholt werden und die Nacht bei den Großeltern verbringen.

Bert wirkt übernächtigt, als er endlich in der Küche auftaucht. Trotz der Nassrasur, dem geföhnten Haar und der frischen Kleidung. Er verbreitet Wohlgeruch, doch seine Bewegungen sind unkonzentriert und mutlos. Hinter den leicht getönten Gläsern seiner Brille sieht Rosa ein ungesundes Rot im Weiß seiner Augen und die Schatten darunter, als er sich ihr zuwendet. Als ob er nicht nur zu wenig geschlafen und einen Kater hätte, sondern auch noch irgendetwas auf dem Herzen, das ihr Angst macht.
„Wie geht's?" Das fragt sie, weil ihr nichts Besseres einfällt.
„Hm", sagt er nur, nimmt den Kaffee vom Tisch, trinkt ihn schwarz, im Stehen. Er schaut sich um, als wüsste er nicht recht, wo er sich befindet, streicht Boris übers Haar und bewegt sich unruhig von einer Stelle zur nächsten. Er vermeidet es, seine Frau anzusehen, während er über etwas nachzudenken scheint.

„Kommst du rechtzeitig zur Arbeit?“ fragt sie.
Stirnrunzeln. Keine Antwort. Er will nicht verstehen, was ich sage, denkt Rosa.
„Das soll nicht meine Sorge sein“, sagt er schließlich. Aber nicht als Antwort auf ihre Frage, sondern als Antwort auf alle möglichen Fragen, die ihm gestellt werden könnten.
Rosa überlegt, ob sie am Abend nicht doch lieber zu Hause bleiben soll. Von ihren neuen Vorhaben zu berichten, ist im Moment wohl auch keine gute Idee. Bert verbreitet eine Stimmung wie schon lange nicht mehr. Er schweigt nur deshalb so beharrlich, kommt ihr vor, weil er sonst etwas Furchtbares sagen müsste. Er fürchtet sich vor sich selbst, vor dem, was in ihm drin steckt und jetzt nicht heraus, aber auch nicht drin bleiben kann.
Boris lässt sein Puzzle im Stich und läuft aus der Küche.
„Hm“, raunt er noch einmal. Seine Kiefer mahlen auf irgendeinem Satz herum. „Ich komme heute nicht nach Hause ...“ Stille. Nur das Scharren seiner Sohlen auf den Küchenfliesen.
War es das? Was hat das zu bedeuten? Warum ist da ein Fremder in ihrer Küche, der aussieht wie ein mieses Abbild ihres Mannes? Diese Seite an ihm hat sie so noch nie zu Gesicht bekommen. Sie wischt sich Schweiß von der Stirn.
„Warte nicht auf mich“, sagt er, sucht ihren Blick und weicht ihr dennoch ständig aus.
Ihre Furcht schlägt in Wut um: „ICH werde heute nicht da sein!“ Sie springt auf, stellt sich ihm in den Weg, als er seine sinnlosen Schritte durch die Küche fortsetzen will. Einen Augenblick lang – sie kann es sehen – spannt sich etwas in ihm. Sie erstarrt vor Entsetzen und rechnet mit einem Schlag oder Stoß, der sie zur Seite befördert, aber

nichts dergleichen geschieht. Die Tasse in seiner Rechten bebt. „Bert …“, die Panik in ihrer Stimme unterdrückt sie, so gut es geht, und flüstert nun fast, „sag mir endlich, was mit dir los ist.“
Stattdessen holt er aus und schleudert die Tasse, so fest er kann, gegen die Vitrine, in der sich die teuren Gläser befinden. Das Klirren übertönt den Fluch, den er dem Geschoss mit auf den Weg gibt. Dann stürmt er hinaus, getrieben vom Entsetzen über das eigene Unvermögen. „Ich werde dich …“, ruft er. Den Rest und die volle Bedeutung des Satzes nimmt er mit nach draußen, wo ihn die Hitze dieses jungen Tages erwartet. Als die heiße Luft auf seine Wut trifft, setzt auch der stechende Schmerz in seiner Schläfe wieder ein.
Rosa ist vollkommen perplex. Sie weiß nicht, was sie als Nächstes tun soll. Sie unterdrückt ein Schluchzen und schnäuzt sich in die Serviette, die sie für ihn hingelegt hat. In ihrem Kopf lösen sich alle möglichen Erklärungen mit der stets wiederkehrenden Erkenntnis ab, dass sie einfach nicht weiß, was los ist. Vielleicht setzt ihm ja nur die Temperatur dieser Tage so zu? Zu wenig Schlaf. Zu viel Arbeit und Alkohol. Und diese Hitze, die auch in den Nächten kaum nachlässt. Müde steht sie auf, um nach ihrem Kind zu sehen, das sich in seinem Zimmer verkrochen hat.

# 8.

**Endlich** Ruhe. Die Kamerafrau ist ins Funkhaus gefahren, um das Bildmaterial zu sondieren und auszuwerten. Schnell muss es vor allem gehen, die Konkurrenz schläft bekanntlich auch kaum. Vielleicht besteht dieser Wettstreit im Grunde nur darin herauszufinden, wer im Dienst der Sache am wenigsten schläft, denkt Franz, fährt sich mit der Hand über die Bartstoppeln und zeigt dem Kellner, dass er noch einen Kaffee will.

Er spürt diesen Druck in den Augenhöhlen, zieht sich die Schirmmütze tiefer in die Stirn und blinzelt ins flirrende Licht, das über dem Karlsplatz liegt. Er kramt in seiner Umhängtasche, holt schließlich eine Packung Tabletten heraus, knipst eine aus der Folie und spült sie mit einem Schluck schwarzen Kaffee hinunter. In solchen Momenten hadert er damit, das Studium mittlerweile ganz aufgegeben zu haben, um mit den News-Flashs mehr Geld zu verdienen.

Er sollte das Handy ausschalten, das auf dem Tisch liegt und nur darauf zu warten scheint, ihn beim Grübeln zu stören. Stattdessen nimmt er das Glas vom Silbertablett, bückt sich und leert die Hälfte des Wassers in den Aschenbecher, der unter dem Tisch vor der Schnauze seines Hundes steht. Billy, ein junger, noch etwas tapsiger Terrier aus dem Tierheim, leckt ihm die Hand, bevor er geräuschvoll zu schlabbern beginnt. Franz leert das Glas in einem Zug, langt nach den Zigaretten und raucht eine an. Er sollte besser etwas Anständiges essen und sich ein paar Stunden hinlegen. Er unterdrückt ein Gähnen, als er an die ruhige,

kühle Dunkelheit seiner alten Wohnung denkt, wo die Balken geschlossen sind, seit es heiß geworden ist.
Wenn er das Handy abschaltet und nicht mehr zu erreichen ist, kriegt er jedes Mal Probleme mit der Chefin. Er lehnt sich zurück, atmet den Rauch tief ein und lässt ihn langsam wieder aus den Lungen entweichen. Sein Blick verliert sich in den Schwaden. Seine Erinnerung schweift ab zu ihrem letzten Auftrag, den er vor kurzem, noch am Rande des Schauplatzes, in einen Bericht für die lästige Kamera der Kollegin verwandelt hat. Jetzt erst erkennt er, nach und nach, was wahrscheinlich wirklich passiert ist.

Da war, trotz der Morgendämmerung, diese düstere Stimmung, als sie sich dem Tatort näherten. Eine Bruchbude im Stuwerviertel im zweiten Bezirk, wo die Häuser mit den Huren davor zu wetteifern scheinen, wer oder was zuerst zusammenbricht. Eine Blutspur, die der Täter, der sich auch selbst verletzt hatte, hinter sich ließ, zog sich die Treppen herab, bis auf die Straße hinaus, wo er sich angeblich widerstandslos hatte festnehmen lassen. Wortlos, mit gesenktem Blick, hielt er den Polizisten seine blutverschmierten Hände hin. Ein grauer Mann in einem grauen Anzug mit vorzeitig ergrautem Haar. Der im Morgengrauen im trostlosen Zimmer dieses grauen Hauses vollkommen ausrastete und ein Blutbad anrichtete. Mit einer mitgebrachten Hacke hieb er eine Prostituierte in Stücke, spaltete ihr von hinten den Schädel, dann kamen die Gliedmaßen dran, trennte schließlich den Kopf vom Rumpf, bevor er den Rest seiner tödlichen Wut darauf verwendete, das Bett und ein paar Möbel zu attackieren. Endlich erschöpft von der harten Arbeit des Tötens und Wütens, legte er die Axt weg und rief mit seinem Handy die Polizei an. „Ich habe es getan, ich konnte nicht anders,

Sie können mich jetzt abholen ...", wiederholte er so lange, bis die Nachbarin, die inzwischen in der Tür stand, ihn darauf hinwies, dass er Namen und Adresse nennen müsse, wenn er so schnell wie möglich verhaftet werden wolle. Sie habe nicht die geringste Angst gehabt vor dem grauen, blutbesudelten, kleinen Mann, sagte diese Frau später. Er habe hilflos gewirkt wie ein Kind, das seine Mutter verloren hat. Und dass sie ihn getröstet habe, bis sie dann kamen und ihn mitnahmen.

Wie man es auch dreht und wendet, denkt Franz, während er Billy auf seinen Schoß hebt und krault, physikalisch betrachtet gibt das Ganze nicht viel her. Es sei denn, man könnte das arme Schwein von Mörder, das sein Opfer in sechs Stücke zerlegt hat, selbst in seine Atome aufspalten, um zu untersuchen, was auf dieser Ebene schiefgelaufen ist. Wie es dazu kommen konnte, dass anstelle der Seele ein schwarzes Loch entstand, das Liebe in Hass verwandelte.

Er sollte nach Hause und sich ein paar Stunden hinlegen. Wenn er vom *Café Museum* aus über den riesigen, disharmonischen Platz schaut, bis zum Anfang des Naschmarktes hinüber, sieht er, wie sich der Puls der Stadt beschleunigt. Immer mehr Autos vor den zahlreichen Ampeln, und aus den Zugängen der U-Bahn tauchen die Menschen auf Rolltreppen auf, wie von Geisterhand in den Tag gehoben. Er schließt die müden Augen und stellt sich vor, was er vor kurzem gesehen hat. Ein faszinierendes Bild, das ihn nicht loslässt: Wie in einigen Millionen Lichtjahren die Galaxie, in der er sich befindet, durch eine andere Galaxie wandern wird. Die Räume zwischen der Materie werden voraussichtlich so groß sein, dass es zu keinen

Kollisionen kommen wird. Die Kräfte der Gravitation aber könnten dafür sorgen, dass so mancher Stern von seinem Weg abkommt und in den Bann eines neuen Umfeldes gerät. Milliarden Sterne. Ein gewaltiger Tanz des Etwas vor dem ewigen Nichts.

Seine Vorstellung mündet in einen Taumel. Er öffnet die Augen, um sich an etwas zu orientieren, folgt der Bewegung einer schönen Frau, die wie ein Komet am Café vorüber zieht. Niemand da draußen weiß, was der kleine, graue Mann getan hat. Das Böse ergibt nur Sinn, wenn es einen Gott gibt, der alles sieht und bestraft. In einer Welt ohne Gott ist das Böse vollkommen sinnlos. Er stellt Billy auf den Gehsteig und steht auf. Der Kleine schüttelt sich, japst und macht ein paar Schritte in die falsche Richtung. Franz folgt dem Zug der Leine, will ihn zum Umkehren bewegen, bis er bemerkt, dass der Hund in die Richtung drängt, in der seine Freundin wohnt. Warum auch nicht? Vielleicht freut sie sich ja ihn zu sehen, was ohnehin viel zu selten der Fall sei, wie sie gerne behauptet.

Sie gehen los, da läutet das Handy, das er doch besser ausgeschaltet hätte. Mit einer Stimme, die keinen Widerspruch duldet, setzt ihn die Chefin auf „einen neuen Fall“ an, wie sie gerne sagt, um die Bedeutung ihrer Aufträge zu erhöhen. Im AMS in der Redergasse habe ein Mann gebrannt wie eine Fackel. Franz solle sofort hin, am besten mit einem Taxi, und rasch recherchieren, was hinter der seltsamen Sache stecke. Seine Kamerafrau sei bereits unterwegs. „Vierzig Sekunden“, sagt sie, „falls das was hergibt, mehr nicht, verstanden?“ Franz versteht sehr genau, was sie will, selten aber, warum ausgerechnet er tun soll, was sie will. Meist tut er es dann aber doch.

# 9.

**Dieses Lampenfieber** senkende Maßnahmen setzen!
Ihr Blick huscht über die Uhr an ihrem Handgelenk, als sie sich hinabbeugt, um die Schnürsenkel ihrer Laufschuhe zu binden. Noch neun Stunden, um sich in Form zu bringen, nimmt sie erleichtert zur Kenntnis. Gegen dieses Kribbeln im Bauch und das alarmierende Klopfen in der Brust hilft am besten, sich mit einer konzentrierten Tätigkeit abzulenken. Putzen. Laufen. Oder Sex zum Beispiel. Aber das mit dem Sex hat letzte Nacht nicht wirklich geklappt. Sie sollte von den allzu jungen Typen mit dem Ödipus-Komplex wohl besser die Finger lassen. Dass sie sich nun fast bis vierzig der Mutterschaft verweigert hat, wird schon triftige Gründe haben. Sie macht ein paar Laufschritte im Stehen, die Schuhe sitzen perfekt. Andererseits aber sind es vielleicht genau diese Gründe, die sie immer öfter in solche Situationen bringen. Ein Karussell, für das sie zu alt geworden ist. Sie schafft es aber nicht abzusteigen und dreht sich weiter im Kreis, bis ihr schließlich übel wird.
Sie mag die Vorstellung, das Gift der letzten Nacht auszuschwitzen, etwas für ihre Figur zu tun und dabei auch den Kopf von lästigen Gedanken frei zu bekommen, um Textpassagen so lange zu repetieren, bis dieses Gefühl der Unsicherheit verschwindet. Frau wird sich doch – sie *denkt* mittlerweile in feministischen Termini – nicht unterkriegen lassen, das wäre doch gelacht! Die Erinnerung an all die Kämpfe, die sie mit sich und anderen ausgetragen hat, mit Erfolg meist, sollte ihr doch Mut machen. Und das Lachen

wird auch an diesem Abend funktionieren, wie es schon so oft funktioniert hat.
Denn davor fürchtet sie sich in ihren dunklen Stunden am meisten: Dass das Publikum plötzlich nicht mehr lacht. Dass es vergessen hat, warum es eigentlich gekommen ist, weil seine Bereitschaft, sich hemmungslos zu amüsieren, von den Spaßmachern bei Film, Funk und Fernsehen bereits restlos aufgebraucht worden ist. Ein Scherz – nur Ruhe. Eine Pointe – dröhnende Stille. Ein Witz – nichts als betretenes Schweigen. Weil das ganze Geblödel auf einmal nur mehr peinlich ist. Das Publikum sitzt im Saal, verschanzt sich hinter seiner Anonymität und weigert sich zu lachen, bis alles in Peinlichkeit versinkt.
Eine Horror*vorstellung*.
Dann lieber gleich ein Theaterbrand. In einem solchen Fall wäre es ihr sogar lieber, auf der Bühne oder im Saal würde ein Feuer ausbrechen, obwohl das ihre zweitschlimmste Angstvorstellung ist. Eine reinigende Hölle, die jede Erinnerung daran, dass nicht gelacht wurde, aus ihrem und dem Gedächtnis der Menschheit tilgt. Sie würden nur vollkommen verkohlte Leichen finden, mit weit aufgerissener Klappe, denen am Ende das Lachen im Hals steckengeblieben ist.
Wenn sie nicht bald losläuft, wird sie noch überschnappen
Nein. Sie wird einfach alle ihre Befürchtungen abhängen und in eine schöne, erfolgreiche und glückliche Zukunft rennen. Nachher wird, wie immer, alles gut sein. Aber sie muss noch strenger mit sich selbst werden, darf sich nicht so viele Zweifel erlauben, noch dazu an einem Tag wie diesem, sonnig, blau und anscheinend makellos, den sie mit ihrem größten Erfolg krönen kann. „Krönen wird“, bessert sie sich halblaut aus, schaltet die Alarmanlage ein,

dreht den Schlüssel zweimal im Schloss und versteckt ihn in der Rindenfalte des Birnbaums bei der Einfahrt, bevor sie endlich lostrabt.

Am liebsten beginnt sie vom Haus weg gleich mit einer Steigung. Das Knurren aller inneren Schweinehunde mit einer Bergwertung zum Schweigen bringen, ein Schweißausbruch wie bei einem Aufguss, das Herz erkennt sich selbst ... So startet sie ihre Runde durch die Weinberge gewöhnlich, obwohl sie weiß, dass das medizinisch betrachtet nicht gerade gesund ist. Wie im Leben und in der Liebe mag sie die schnellen Rhythmuswechsel auch beim Laufen. Das Schwere, mit Widerstand gespickte, ist nur am Anfang schwer. In der Wiederholung wird es schließlich so leicht, dass es in reine Freude umschlägt. Durch diese Landschaft laufen zu dürfen ist ein Geschenk. Ein Privileg. Wo sie auch hinschaut, mit von Schweiß gebrochenem *und* geschärftem Blick, helles Entzücken antwortet ihr auf Schritt und Tritt: Rosen am Ende der Weinzeilen, Trauben mit einem Stich ins Goldene, Bienen, Hummeln und Schmetterlinge, Vögel, die mit einem Zwinkern ihrer Flügel mühelos die Richtung ändern. Das Blau über dem Horizont wie ein Versprechen des Himmels, ans Meer zu gelangen, wenn sie nur immer so weiter läuft.
Nachdem die erste Steigung und Gefahr eines Seitenstechens vorüber sind, wird sie leichtfüßiger. Irgendwann vergisst sie, dass sie sich anstrengt. Nicht mehr sie rennt durch die Hügel, kleinen Berge und Täler, sondern die Landschaft öffnet sich ihr und sie schlüpft einfach nur ganz leicht hindurch. Das Pochen ihres Herzens zeigt ihr, wie stark sie ist. Keine Nervosität mehr, wenn sie die schwierigen Passagen aus ihrem Programm durchdenkt.

Keine Blockaden. Null Hänger. In der Bewegung wird eben alles leicht. Transparent wie die Blätter der Rebstöcke im Sonnenlicht. Sie bleibt nicht lange genug an einem Ort, als dass Schatten darauf fallen und sich breitmachen könnten.
Bevor sie abbiegt und eine andere Route nimmt, um ihre Runde zu schließen, macht sie Rast. Auf der Kuppe eines Hügels. Am Rand des Wienerwalds, mit einem Rundblick, der fast die ganze Stadt und das Umland vor ihr ausbreitet. Auf dem Strom unten, der tatsächlich blau wirkt an diesem Tag, schieben sich zwei lange Lastkähne aneinander vorüber. Wie immer setzt sie sich auf die etwas schiefe Bank. Verschnauft, schaut und hört sich um, hellhörig und scharfsichtig ist sie in diesem Zustand, steht auf, macht an der Bank Dehnungsübungen und nimmt wieder Platz, um die Aussicht zu genießen.
Sie wehrt sich dagegen, aber nach einer Weile überkommt sie diese Erinnerung. Hier oben war sie ein paar Mal mit dem Mann zusammen, den sie gerne gehalten hätte. Der aber seinerseits nicht in der Lage war, mehr aus dem zu machen, was sie verband. Dabei waren sie wie füreinander geschaffen. Zwei Seiten einer schönen Münze. Die einer Prüfung dann doch nicht standhielt und sich als Fälschung herausstellte, als sie eingewechselt werden sollte. Hier erinnert sie sich immer daran, dass es Josef war, der zuerst für die Abtreibung war. Wenn er das auch nie zugeben würde, so hat er in dieser Frage doch Druck auf sie ausgeübt. Immerhin haben sie dann aber eine Zeitlang so getan, als sei es ein gemeinsamer Entschluss gewesen. Sie wollte keinen Knick in der Karriere, und er war Tag und Nacht damit beschäftigt, sein Wirtshaus in ein erstklassiges Restaurant zu verwandeln. Nach dem Eingriff aber

passierte etwas, womit beide nicht gerechnet hatten. Von ihrer wilden Leidenschaft für einander blieb in kurzer Zeit nur eine Art Kumpelhaftigkeit zurück. Sie schliefen zwar noch miteinander, in immer größeren Intervallen, irgendwann hörte aber auch das auf. Jetzt kocht er nur mehr manchmal für sie, so wie sie das auch für heute verabredet haben. In manchen Momenten hat sie sich mit einem Lächeln auf den Lippen vorgestellt, wie der Spitzenkoch Grießkoch für ihr Baby zubereitet. Obwohl sie nicht mehr schwitzt, hat sie plötzlich Wasser in den Augen und auf den Wangen. Dieser Ort ist so friedlich, dass sie es zulassen kann. Sie sitzt einfach nur da, mit gesenktem Kopf, und ergibt sich der Kraft, die über sie kommt, sie schüttelt und laut schluchzen lässt.

Dann springt sie auf einmal auf und läuft, immer noch heulend und schniefend, auf das Geratewohl los. Sie wird ihre Last mit Würde tragen, auch wenn ihr niemand dabei hilft! Jetzt ist alles, was sie ansieht, in Schleier von Erleuchtung und Gnade gehüllt.

## 10.

**Immer wieder** hat er in Gedanken durchgespielt, wie er vorgehen wird, um sich sein Recht zu verschaffen. Nachts hat er, statt zu schlafen, oft stundenlang an den Plafond seiner Zelle gestarrt und sich jeden Schritt überlegt, den er tun würde, wenn er endlich draußen wäre. Er hat ein Programm entwickelt und in jedem seiner Scheißgene abgespeichert. Der Zwischenfall mit dem Kontrolleur an der Bushaltestelle war nicht vorgesehen und hätte alles vereiteln können, noch bevor es richtig losgegangen wäre.

Er lässt den Taxifahrer ein Stück vor dem Ziel halten, zahlt, steigt aus und geht zu Fuß weiter. Fast erstaunt es ihn, dass noch alles da ist, an seinem Platz, manches verwahrloster, anderes sogar schöner, als er es in Erinnerung hat.

Seine Hand vergewissert sich wie von selbst ein weiteres Mal, dass das Geld noch in seiner Sakkotasche ist. Er fragt sich, ob sein Zweck die Mittel heiligt. Im Gegensatz zur Mutter hat er es ja mit dem Heiligen nie so gehabt. Er erinnert sich, welche Überwindung es ihn als Kind jedes Mal gekostet hat, in der Kirche bei der Kommunion den Mund aufzumachen, um die Hostie zu empfangen. Dieses seltsam schmeckende, noch lange am Gaumen klebende Zeug. *Transsubstantiation.* Später hat er das in einem Lexikon nachgeschlagen. Der Leib Christi? Was für ein monströser Betrug! Für wie blöd wurde man da eigentlich gehalten? Dass man das Kindern weismachte, war schon schlimm genug, aber Erwachsene damit abzuspeisen, nichts als die reine Frechheit!

Er denkt an die abgebrochene Hand des Gekreuzigten in seiner Sakkotasche. Er fragt sich, warum er die hat mitgehen

lassen, wo ihm dieses ganze religiöse Brimborium doch so auf die Nerven geht. Braucht er etwa einen Talisman für diesen Tag? Landet er beim Aberglauben, weil er mit dem Glauben der meisten nichts anfangen kann? Jesus hat ihm immer nur leid getan. Ein naiver, meist gutmütiger Kerl, der ausgenutzt und verraten wurde: Von den Römern, den Juden, seinen Freunden und dem eigenen Vater. Dieser Hippie war geradezu der Beweis dafür, dass es keinen Sinn haben kann, auch noch die andere Backe hinzuhalten. Nicht in dieser Welt jedenfalls und eine andere ist nicht in Sicht.
In diesem Viertel reiht sich eine Bar an die andere. In Sommernächten wie jetzt, wenn die Temperatur kaum noch abfällt, ist hier bestimmt der Teufel los. Eine Menge schlafloser Nachtschwärmer auf der Suche nach Frauen, Drogen und guten Karten. Ein Schuss Glück, der einen durchhalten lässt bis zum nächsten Tag.
Er lächelt versonnen, als er durch den Perlenvorhang ins Lokal schlüpft. Falsches Glück muss es heißen! Auch diese Illusionen hat er endlich hinter sich. Mit der Zeit fällt das alles von einem ab. Schale um Schale hat er beim Meditieren abgelegt, bis nur mehr dieser Kern blieb. Ein vernarbter Knoten, den er nicht lösen kann. Da macht sich die Angst breit, er könnte für immer auseinander fallen und sich nie mehr finden.
Ein Kind zerstört das Ganze, und niemand setzt es mehr zusammen.
Er braucht ein paar Sekunden, bis er sich im Halbdunkel orientiert. Es ist angenehm kühl hier drin, aber es stinkt nach kaltem Rauch, Putzmitteln, Alkohol und den Parfums der Frauen, die nicht mehr da sind. Bis auf einen, der schlapp an der Theke hängt, eine Putzfrau mit Kopftuch und den Kellner hinter der Theke ist das Lokal leer. An den Wänden

Fotos von wilden Nächten mit diversen Frauen ganz unterschiedlichen Typs. Der Kellner, eines dieser Originale des Metiers und Milieus, aus der Zeit nach seiner Zeit, nickt kurz und schaut ihn misstrauisch an, während er fragt: „Was darf's sein?"
„Ein Bier und die Chefin", sagt er, holt seine Zigaretten heraus, raucht eine an, mit einem tiefen Zug. Im Rauch formen und verflüchtigen sich Erinnerungen. Der Typ gegenüber an der halbrunden Theke lümmelt apathisch in einer Lache Rotwein herum. Er sieht aus, als hätte er die Nacht hier verbracht und nun Bedenken, nach Hause zu gehen. Der Stoff, aus dem die Träume sind, ist längst verbraucht, mit ihm die Kraft, sich von all dem zu lösen und etwas Neues zu beginnen.
„Wen soll ich melden?" Widerwillig und doch irgendwie unterwürfig stellt ihm der Kellner eine kleine Flasche Bier hin, aber kein Glas.
„Das willst du gar nicht wissen", sagt er, nimmt einen Schluck, tritt von einem Bein aufs andere und ruckt sich mit einem Zucken der Schultern im Sakko zurecht. Jetzt erst nimmt er die Sonnenbrille ab, beugt sich vor und lässt das Blau seines kühlen Blicks im Licht der Spiegelwand aufblitzen.
„Das geht uns alle nix an ..." Mit fast tonloser Stimme spricht der heimatlose Gast in den Raum, mehr zu sich als zu jemand anderem, wiederholt es, weil er es selbst kaum glauben kann ... „Das geht uns alles nix an." Und verblüfft über das alles, schüttelt er immer wieder den Kopf. Die Putzfrau geht vorüber, gebückt, murmelt irgendetwas vor sich hin. Der Kellner überlegt, mit wem er es hier zu tun hat. Diese Anstrengung zaubert einen dämlichen Ausdruck auf sein Gesicht. List, Tücke und Dummheit kommen einander

dabei in die Quere. Schließlich dreht er sich aus der Reichweite des kaum einzuschätzenden Gastes und greift nach dem Telefon hinter sich, ohne ihn aber aus den Augen zu lassen. Er wählt und wartet, wischt mit einem Tuch eine bestimmte Stelle des Tresens blank. „Da will Sie einer sprechen, Chefin." Sein Tonfall deutet an, es könnte sich um keine seriöse Absicht handeln. Er hört zu, geduldig, hält dem Fremden dann plötzlich den Hörer hin, der sich demonstrativ abwendet.

„Wohnt sie noch im siebten Himmel? Frag sie genau das." Er nimmt einen langen Schluck aus der kleinen Flasche, die in seiner Hand wie ein gefährliches Spielzeug wirkt.

„Ich soll Sie fragen ...", sagt der Kellner, stellt ihr die Frage und hört sich die Antwort an. Schließlich legt er auf, wendet sich ihm halb zu. Er verzichtet auf jeden Argwohn in der Stimme, als er sagt: „Ja, wohnt sie noch. Sie können gleich bei ihr vorbeikommen. Und das Bier da geht aufs Haus."

Siebenhimmelgasse. Sie wohnt also immer noch dort. Diese Adresse würde er von hier aus mit verbundenen Augen finden. Er braucht kein Taxi, zu Fuß kommt er in den engen, verwinkelten Gassen dieses Viertels am besten voran. Mit ein paar Laufschritten wechselt er auf die Schattseite der Straße. Er kämpft gegen die Erinnerung an Wanda an. Sentimentalitäten sind das Letzte, was er an diesem Tag brauchen kann, doch es ist zwecklos. Tatsächlich war er in der Gasse mit dem sprechenden Namen eine Zeitlang richtig glücklich. Wanda hat damals in der Bar gearbeitet, die sie mittlerweile übernommen hat. Anfangs hat es ihm wenig ausgemacht, sie mit ihren Kunden zu teilen, denen sie sich so wenig preisgab, dass er sie fast für sich hatte. Das konnte er sich jedenfalls einbilden, solange er ihr ganz ergeben war.

Sie war einige Jahre älter als er, reifer, selbstbewusster, eine kluge Frau, die auf einen Zuhälter pfiff und sich stattdessen einen jungen Liebhaber nahm. Der ihr hörig war und sie verehrte wie ein höheres Wesen, obwohl sie eine Hure war. Eine außergewöhnliche, junge Frau immerhin, das muss er nach all den Jahren noch zugeben, wenn er aufrichtig ist. Diese alten Gassen, der Geruch nach Kaffee, Essen und den kleinen Werkstätten im Erdgeschoß der Häuser, das hat er auf dem Weg zu ihr immer genossen. Nie zuvor und auch später nicht war seine Vorfreude auf einen Menschen größer gewesen. Wenn sie dann kam, spätnachts oft oder gar erst im Morgengrauen, war sie nur für ihn da. Auf Wanda zu warten und zu wissen, dass sie kommen würde, früher oder später, war das Beste in seinem Leben. Er dachte nicht an das, was sie machte, während er wartete. Im ersten und zweiten Jahr jedenfalls noch nicht.
Dann änderte sich das und damit änderte sich auch alles andere. Die Eifersucht, die ihn nach und nach überkam, dieser grelle Wahn, zerstörte bald alles, was sie verband. Sie wollte nicht aussteigen, ihr fragwürdiges Gewerbe nicht aufgeben, und er begann sie zu terrorisieren, bis das ganze Glück zerbrach. Ihm blieb wenig anderes, als ein weiteres Mal rückfällig und kriminell zu werden. Seine ganze Liebe zu dieser Frau verwandelte sich am Ende in nichts als kriminelle Energie. Wie jung und dumm er damals war, denkt er nun. Er bestrafte sich, um damit Wanda zu bestrafen: Wanda anstelle seiner Mutter, die vom Vater verlassen worden war, der ihm fehlte und nie greifbar war. So oder so ähnlich könnte es gewesen sein. Es könnte aber auch alles ganz anders gewesen sein. Denn wenn ihm sein bescheuertes Leben etwas bewiesen hat, dann dass im Grunde immer alles ganz anders ist.

Das dunkle Abenteuer mit Silvia und Josef Jahre später war wohl auch etwas ganz anderes.
Er will sich nicht vorstellen, wie sie jetzt aussieht, als er durch das kühle, in Zwielicht getauchte Stiegenhaus hochsteigt bis unters Dach. Ein Bild taucht dennoch immer wieder auf: Wie sie durch ihn bis in ein fernes Nirgendwo starrt, nachdem er ihr ins Gesicht geschlagen hat. Plötzlich konnte sie ihn nicht mehr sehen, wie er vorher war, ja sie wollte ihn überhaupt nicht mehr zur Kenntnis nehmen. Er löste sich unter ihrem Blick förmlich in nichts auf. Eine Welle Scham schwappte durch seinen Körper, zusammen mit der Erkenntnis, dass es aus war. Aus und vorbei! Niemals zuvor und danach hat er eine Frau geschlagen. Etwas von dieser Scham ist in ihm drin geblieben, bis heute.
Er weiß nicht, dass er erblasst, als sie die Tür öffnet und auf einmal vor ihm steht. Sie ist noch schöner als er sie in Erinnerung hat. Die Zeit hat jeden vielversprechenden Zug an ihr herausgearbeitet und voll zur Entfaltung gebracht. Diese feminine Erscheinung, in der sich Anmut, Kraft und Ausdauer spiegeln, eine Stärke, die in ihrer Natürlichkeit jedem Mann überlegen ist. Ein Gesicht, im Reinen mit sich selbst, sinnlich und offen, in dem er instinktiv nach Spuren der Verletzung sucht, die er ihr zugefügt hat. Aber um ihren Mund spielt ein ironisches Lächeln, das ihm längst verziehen hat.
„Wanda, ich ...“ Wie sich näher kommen, nach all den Jahren? Er setzt noch einmal an.
„Komm doch weiter“, sagt sie und dreht sich zur Seite. Er macht ein paar zögerliche Schritte in die Wohnung hinein und streift dabei ihre Hüfte. Sofort schließt sich ein Kreis, Energien fließen ineinander. Die Erinnerung ihrer Körper ist mächtig, diese Gravitation nach wie vor ein ungelöstes Rätsel. Beide entspannen sich.

Die Wohnung erkennt er nicht wieder. Aus der dunklen, gemütlichen Höhle von einst ist ein helles, modernes Apartment geworden. An den Wänden Kunst, an die er sich hält, bis die erste Verlegenheit vorüber ist.
„Tut es gut, wieder draußen zu sein?“ Mit diesen Worten stellt sie ein eiskaltes Bier vor ihn hin.
Er dreht den Verschluss ab, nimmt mit einem Nicken einen ersten Schluck. „Ich bin weder draußen noch drinnen, nur gefangen in mir selbst.“
Dass er auch glaubt, was er sagt, kann sie in seinem Gesicht nachlesen.
„Was hast du vor?“ Sie verrät mit keinem Ton, dass sie denkt, es könnte etwas mit ihr zu tun haben.
„Alte, fast vergessene Akten bearbeiten“, sagt er, „und damit zu einem Ende kommen, bald.“ Unruhe macht sich in ihm breit, als er das sagt. Seine Augen und Hände verraten es ihr.
„Manche Dinge kann man nicht abschließen“, sagt sie, und es klingt wie eine Warnung, als sie hinzufügt „... sollte, ja darf man nicht gewaltsam zu Ende bringen.“
Er spielt mit seinem Bier, nimmt wieder ein Kunstwerk ins Visier.
„Du musst lernen zu akzeptieren, dass es im Leben mitunter unentschieden ausgeht!“
„Ich lasse mich aber nicht gerne für dumm verkaufen. Manches muss man erledigen, sonst kriegt man davon Krebs.“
„Ich meine ja nur, du sollst dir gut überlegen, welches Risiko du eingehen willst.“ Die Sorge in ihrer Stimme klingt echt.
„Ich brauche eine Waffe“, wirft er nun wie nebenbei ein.
Wanda schweigt, schaut nur lange und konzentriert zum Fenster hinaus, über das Rot der Ziegeldächer hin bis zu einem Kirchturm, von dem sie oft die Zeit abliest.

„So schnell wie möglich, noch vor heute Mittag."
Sie schüttelt den Kopf, seufzt und sagt: „Ich bin eine Geschäftsfrau und mittlerweile ziemlich seriös. Ich kenne sogar den Polizeipräsidenten persönlich."
„Umso besser!" Er lacht und trinkt. „Ich bitte dich darum, nichts sonst, nur *darum*. Dann verschwinde ich und wenn ich zurückkomme, lade ich dich ganz groß zum Essen ein."
„Aber ich hab Angst", sagt sie und weicht dem stechenden Blau seines Blicks aus. „Und gar nicht so sehr um mich, sondern um dich!"
„Mein Schutzengel hält meine Dämonen in Schach." Dabei denkt er an die Mutter und ihr Reich voll himmlischer Wesen.
„Was hast du vor?"
„Ich verspreche dir, die Waffe nur als Mittel zum Zweck einzusetzen."
„Wenn Männer etwas versprechen, versprechen sie sich manchmal", sagt sie, und das mit einem derart aufrichtigen Ton des Bedauerns, dass er sie am liebsten in den Arm nehmen und trösten würde.
„Gut", antwortet sie endlich, als sie sich dabei ertappt, einen Nagel anzuknabbern. „In Ordnung, ich werd' sehen, was ich tun kann."
„Danke", sagt er nur.
„Komm in die Bar, in ein, zwei Stunden."
Sie erhebt sich, als würde sie eine Audienz beenden. Nun, da sie sich entschieden hat, ist sie wieder die Selbstsicherheit in Person.
Er schnappt seine Sporttasche und folgt ihr hinaus. An der Engstelle im Flur, wo sie einander erneut berühren, geschieht es, ohne dass er oder sie damit angefangen hätte. Sie umarmen sich, wie sich Verzweifelte umarmen, ungestüm,

Verrückte, als könnten sie so aufholen, was sie über Jahre versäumt haben. Keuchend, zerzaust und mit verrutschter Kleidung stehen sie schließlich da. Dann macht sie sich los und fordert ihn auf, zuerst auf die Toilette zu gehen, um sich frisch zu machen.

Als die Wohnungstür hinter ihm zufällt, raucht er eine Zigarette an. Er inhaliert den beißenden Rauch wie eine frische Brise. Aus Respekt vor ihr und der cleanen Wohnung hat er sie nicht gefragt, ob er rauchen darf. Es war wohl auch nicht so wichtig. Er fühlt sich leicht, fast unbeschwert. Die Intensität dieser Berührungen steckt noch in all seinen Gliedern. Summend verlässt er das Haus. Er hat oft an sie gedacht, aber nie daran, dass sie ihm wirklich helfen würde, nach allem. Frauen sind doch anders, denkt er. Vielleicht liebt er sie noch immer. Und sie?

## II.

**Nachdem Bert** die Wohnung verlassen hat, bestürzt über sein eigenes Tun, weiß er zunächst überhaupt nicht, wohin er sich wenden soll. Alle Richtungen erscheinen ihm gleichermaßen sinnlos. Erst nach einer Weile, als er an einer Kreuzung innehält, um sich zu orientieren, realisiert er, dass er eigentlich auf dem Weg zur Arbeit sein sollte.
Lange schon geht er nicht mehr gerne hin. Irgendetwas läuft da nicht so, wie es sein müsste. Statt der anstehenden Beförderung hat man ihm nun ein kleineres Büro zukommen lassen, in einem abgelegenen Trakt des riesigen Gebäudes, wo es wenig für ihn zu tun gibt. Wenn er an Boris denkt, der mitbekommen hat, was sich am Morgen zwischen seinen Eltern in der Küche abgespielt hat, wird ihm richtig übel. Mit Gedanken an Silvia schiebt er das beiseite. Wäre dieser Lichtblick von Frau nicht für ihn da, würde er heute glatt durchdrehen.
Fräulein Spucker am Empfang – *Spucke,* wie sie genannt wird, weil die ihr beim Reden, Tratschen und Telefonieren nie ausgeht – wendet sich rasch ab, als er seine Identity Card in den Schlitz steckt und ihr Reich passiert. Ausgerechnet, wo diese Person ihm doch sonst oft schon am Morgen ein Loch in den Kopf redet. Immerhin weiß sie manchmal Dinge, die sich ganz oben zutragen, in der Chefetage, und heute hätte er gern von ihr erfahren, ob und wann er damit rechnen kann, sein mickriges Büro verlassen und aufrücken zu dürfen. Auf seine Anfragen hin hat man ihm mehrere Male versichert, dass sein momentaner Stand in der Firma lediglich provisorisch sei: Provisorisch?

Was immer das konkret heißen mag, Beförderung, mehr Geld und Mitbestimmung, sein Aufstieg im Unternehmen ist jedenfalls längst überfällig. Nicht viele hier sind so lange dabei wie er und haben mitgeholfen, dieses Call Center zum Flaggschiff einer ganzen Flotte zu machen, die inzwischen auf den Wellen der globalen Kommunikation über alle Weltmeere bis an die entlegensten Goldküsten gelangt ist. Und war es nicht seine Idee, damals, als das große Rennen um die Rendite begann, auch die Infodienste der einheimischen Konzerne nach Asien auszulagern, um die Personalkosten so flach wie möglich zu halten?

Das fragt er sich unter anderem, während er mit gesenktem Kopf durch die endlosen Flure im fünfzehnten Stock irrt, bis ganz nach hinten, wo oft nicht einmal die Putzfrauen hinfinden. Er spürt die zehn Etagen über sich wie eine Karyatide der Antike den Tempel eines Gottes, den sie mit nichts als ihren nackten Schultern stützen muss.

Dieses Büro ist ein Raum, in dem irgendwie die Zeit stillsteht. Zwei Luken als Fenster, die jeden neugierigen Blick enttäuschen. Tief unten ein kahler Hof, der die Vorstellung weckt, da könnten Gefangene ihre Kreise ziehen. Bert weigert sich, seit er hier ist, ein zweites Mal hinauszuschauen. Provisorium! Dieses Wort beschäftigt ihn schon länger. Mal kommt er darüber zur Ruhe, dann wieder regt es ihn maßlos auf.

Er geht online und checkt seine E-Mails. Was ihn nicht interessiert, löscht er, bevor er eine Nachricht nach der andern öffnet und überfliegt. Der Sachbearbeiter seiner Bank teilt ihm höflich – oder vielleicht zynisch? – mit, dass der Fonds, in den er investiert hat, einen vorläufigen Tiefstand

erreicht hat. Das Landhäuschen in der Buckligen Welt, für das sie sparen wollten, ist während der Krise auf die Größe einer Hundehütte geschrumpft. Zu heiß gewaschen und einfach eingelaufen in einer dieser monströsen Waschmaschinen, die sich Geldinstitute nennen, denkt er, mit dem Sarkasmus eines um alle Versprechungen Geprellten. Aber auch ein Symbol für den Zustand, in dem sich sein Familienleben befindet. Silvia hat ihn getröstet. Hat ihm versichert, dass er sich keine Geldsorgen machen muss, wenn er sich entschließt, seine gescheiterte Ehe ein für alle Mal hinter sich zu lassen.
Auch sie hat ihm geschrieben. Betreff: *Getrüffeltes.* Sie erinnert ihn an die Lust der letzten Nacht und die Verabredung im *Josefs,* dem Restaurant ihres alten Freundes aus Graz, der Tag und Nacht daran arbeitet, seine meist betuchten Gäste die Krise vergessen zu lassen. Mit dem, was er ihnen auf die Teller zaubert, gelingt ihm das ganz gut. Erstklassiges Futter zu fast moderaten Preisen. Silvia hat bei ihm einen Bon auf Lebenszeit, von dem sie, für Berts Geschmack jedenfalls, zu oft Gebrauch macht. Etwas aus alten Tagen verbindet die beiden, was ihm nicht ganz geheuer ist: Anderes als der Umstand, dass sie vor langer Zeit eine Affäre miteinander hatten. Aber darüber mag sie nicht einmal in Andeutungen sprechen.
Das Telefon läutet. Die Spucke fragt an, ob sie ihn auch auf die Liste für den Betriebsausflug im Herbst setzen soll. Bis jetzt hat sie das stets getan, ohne ihn zu fragen. Nach Schladming soll es dieses Jahr gehen, in ein Erlebnishotel mit viereinhalb Sternen. Das Wochenendprogramm dort mit viel Spaß und Spiel solle allen dabei helfen, sich noch stärker mit der Philosophie der Firma zu identifizieren. Irgendetwas in Spuckes Stimme und Verhalten an diesem

Vormittag macht ihn stutzig. Er unterbricht sie, sagt zu und wimmelt sie mit einem Scherz ab, den er im Nachhinein nicht so gut findet.

Nach den privaten liest er die internen Nachrichten, die im Intranet der Firma, für alle Beschäftigten zugänglich, veröffentlicht werden. *Transparenz.* Unter diesem Schlagwort hat man verfügt, dass alle zu jeder Zeit über alle Interna Bescheid wissen sollen. Selbstverständlich, wurde auch allen lang und breit versichert, diene dies nicht der Kontrolle, sondern dem allgemeinen Recht auf Aufklärung. Inzwischen ist man es gewohnt, Dinge veröffentlicht zu sehen, die früher Thema eines Gespräches unter vier Augen waren. Freilich wirkt diese Transparenz ausschließlich von unten nach oben. Was in den oberen Stockwerken geschieht, verbreitet sich nach wie vor nur über Mutmaßungen im Flüsterton des Tratsches.
Plötzlich bleibt er an einer Nachricht hängen, liest noch einmal ... Er zwingt sich, langsam und aufmerksam zu lesen, während sein Herz zu pochen und die Hand über der Maus zu schwitzen beginnt. Er will einfach nicht glauben, was da steht. Es kann sich wohl nur um einen schlechten Scherz handeln, denkt er und überprüft den Absender der Nachricht. Aber kein Zweifel: Das ist die Adresse des Personalchefs aus dem vierundzwanzigsten Stock, den er auf einem dieser unnötigen Firmenseminare kennengelernt hat. Ein Quereinsteiger, der von der Chefin persönlich geholt wurde, um das Controlling zu verschärfen, um einiges jünger als er, aber mit einem Abschluss in Psychologie. Ein Grünschnabel eigentlich, denkt Bert, um sich vom skandalösen Inhalt der Nachricht abzulenken, der keine Ahnung vom operativen Geschäft hat. Und ein überheblicher

Klugscheißer, der ständig um die Chefin kreist wie ein Planet um sein Muttergestirn. Immerhin setzt er seit seinem ersten Tag in der Firma radikal um, was einmal seine, Berts, Idee war. Wenngleich der sich das ganz anders vorgestellt hat. Inzwischen ist ja alles ausgereizt, bis auf die Personalkosten, und die lassen sich bestimmt noch ein wenig drücken ...

*... müssen wir Ihnen zu unserem Bedauern mitteilen, dass Sie mit sofortiger Wirkung entlassen sind. Das Büro ist unverzüglich zu räumen ...*

Bert springt auf, setzt sich hin, steht wieder auf, läuft im Kreis, setzt sich wieder hin, liest alles noch einmal. Es ist, als würden die Informationen verschwinden, noch während er sie verarbeiten will. Ein Löschmechanismus hat sich des Textes bemächtigt und überschreibt alles mit einer schreiend weißen Wut, die ihn sukzessive überkommt. Nicht einmal die Klimaanlage funktioniert in diesem Büro, in das man ihn gegen seinen Willen versetzt hat. Er spürt, wie ihm am ganzen Körper der Schweiß ausbricht.

Er muss irgendetwas tun, wenn er nicht den Verstand verlieren will! Er öffnet eine der beiden Luken, schnappt sich den Bildschirm und wirft ihn hinaus. Tastatur, Rechner, Telefon und einen Drucker schmeißt er hinterher, ohne einen Blick hinunter zu werfen. Das erlösende Krachen bestätigt ihm, dass er genau das Richtige tut.

Schwitzend und fluchend stürmt er durch die Gänge des labyrinthischen Baus. Nie findet er die Aufzüge auf Anhieb. Er will endlich wissen, was hier los ist! Das darf doch nicht wahr sein, dass ein verdienter Mitarbeiter seine Kündigung per E-Mail erhält. Mit ihm kann man das jedenfalls nicht machen. Nicht heute. Ganz sicher nicht mit ihm! Er weiß,

wo die Wurzel des Übels sitzt, das ihn seit Monaten hartnäckig verfolgt. Bert atmet schwer, kriegt fast keine Luft, so steigert er sich hinein. In seiner Schläfe beginnt es zu ticken. Er öffnet den Kragenknopf seines Hemds, fingert an der Krawatte herum und reißt sich das Ding schließlich vom Hals, um atmen zu können. Die Schweißflecke unter seinen Achseln sind mittlerweile tellergroß.
Allein im Lift sieht er sich mit seinem Spiegelbild konfrontiert. Er lächelt grimmig. Fast erstaunt es ihn, wie gut es tut, der aufgestauten Wut freien Lauf zu lassen. Gifte fließen ab und neue Kräfte fliegen ihm zu. Über die möglichen Konsequenzen seiner Raserei kann er im Moment nur lachen. Die letzte Konsequenz des Lebens ist der Tod, alles andere steht in den Sternen. Lese darin, wer kann!
Im vierundzwanzigsten Stock ist es ruhig und friedlich, als er den Lift verlässt. Hier verrinnt die Zeit in einem Tempo, das gerade richtig ist, denkt er: Gut für die Nerven und die Gesundheit. In dem Büro, in das er strafversetzt wurde, rein provisorisch natürlich nur, steht die Zeit derart still, dass man den Tod kommen hört, wenn man sich konzentriert. In den übrigen Etagen des Hauses, ausgenommen die beiden letzten, regieren Druck, Hektik und Stress. Hier aber, im vorletzten Stock, dämpfen Teppiche seine energischen Schritte und die Sekretärinnen huschen flüsternd durch die Gänge.
Bert platzt hinein, ohne anzuklopfen oder sich anzumelden. Die Vorzimmerfrau im gut klimatisierten Büro schafft es nicht einmal, ihren dicken Hintern vom Sessel loszueisen, da ist er schon vorüber und im Allerheiligsten der Personalabteilung.
„Sitzen bleiben und zuhören!" Mit diesen Worten und scharfem Ton drückt er den Personalchef in den Stuhl zurück, von dem er sich beim Anblick Berts erheben will.

„Was ist denn los, Herr ...?“
„Koller. Bert Koller. Und ich würde gern wissen, wie es möglich ist, dass ich nach Jahren in der Firma meine Kündigung per E-Mail erhalte.“ Bert versucht, überlegen und kühl zu wirken, was in einem verzweifelten Gegensatz zu seinem Äußeren steht. Ihm ist heiß, er schwitzt und es kostet ihn seine ganze Kraft, das Beben in seiner Stimme zu unterdrücken.
Der Personalchef mustert ihn von oben bis unten. Er legt es darauf an, Zeit zu schinden. Nun hebt er den Blick, in dem sich eine leise Ahnung zeigt: „Aber Herr Koller, Sie können doch nicht hier hereinplatzen und ...“
„Ich kann noch viel mehr“, unterbricht ihn Bert, „und ich will wissen, warum ich fristlos entlassen werde, nachdem mir seit langem eine Beförderung in Aussicht gestellt wird. Immerhin bin ich einer von denen, die diese Firma wieder auf Erfolgskurs gebracht haben.“
Jetzt dämmert es dem Personalchef. „Ah, Sie sind das. Alles klar. Natürlich haben Sie das Recht, eine Erklärung von mir zu fordern, und ich kann und werde sie Ihnen auch gerne geben.“
„Ich höre“, sagt Bert, setzt sich in den Stuhl gegenüber und greift sich ein Bild vom Schreibtisch: Kleinfamilie beim Eis essen. Sein Sodbrennen von letzter Woche ist plötzlich wieder da. Er kann sich nicht erinnern, dass ihm jemals derart egal war, was sein Handeln für Konsequenzen haben kann.
„Sie sagen es selbst, Herr Koller, Sie waren für eine Beförderung in den dreiundzwanzigsten Stock vorgesehen. Dann ... nun, wie soll ich sagen, dann mussten wir uns gegen Sie entscheiden. Leider, denn ich hätte Sie gerne einen Stock unter mir gehabt, bei allem, was Sie für die Firma geleistet haben, früher. Aber ...“

„Aber was? Früher! Ich bin Ihnen also schon zu alt? Mit vierundvierzig? Ist es das? Das Juvenilitätsprinzip der Firma. Aber das gilt doch nur für den operativen Bereich, Inbound und Outbound, aber nicht für das Management!" Bert springt wieder auf, geht unruhig umher, hält immer noch die Fotografie in Händen.
„Die Sache ist die ...", beginnt der Personalchef, und man merkt, dass ihm unangenehm ist, was er zu sagen hat, „nachdem wir in Erwägung gezogen haben, Sie zu uns zu holen, haben wir ... hm, haben wir getan, was wir in solchen Fällen halt tun."
„Ich verstehe immer noch nicht", sagt Bert, „also bringen Sie's auf den Punkt."
„Wir wollten einfach auf Nummer sicher gehen und uns einmal genau ansehen, was Sie in ihrer Freizeit so treiben."
„Und?" fragt Bert, naiv fast, bevor ihm ein Schub Fassungslosigkeit in die Glieder fährt.
„Sie rauchen Gras, leihen sich Pornovideos aus und haben eine außereheliche Affäre, Herr Koller." Er lehnt sich zurück, als sei damit alles erklärt, verfolgt mit besorgtem Blick, was der andere mit der goldgerahmten Fotografie macht. Hin und wieder schaut er kurz zur Tür.
„Was geht Sie das an?" fragt Bert, der kaum glauben kann, was er gerade gehört hat. „Und woher wissen Sie das überhaupt?"
„Wir haben unsere Methoden. Hier geht es aber nicht um mich, sondern die Interessen der Aktionäre. Und wie vielleicht auch Sie wissen, treten die vehement für eine Erneuerung der Moral ein." In die Stille hinein, die durch die Sprachlosigkeit Berts entsteht, sagt er noch: „Das ist alles."

„Das ist alles?“ murmelt Bert, ungläubig.
„Ich kann nichts mehr für Sie tun.“
Im selben Moment kommen zwei Typen von der Security ins Büro und stürzen sich, ohne viel zu fragen, auf Bert, dem es gerade noch gelingt, die Familienidylle übers Knie zu brechen und auf den Schreibtisch zu werfen, bevor sie ihn in die Zange nehmen und wegbringen. Vollkommen verblüfft von dem, was er zu hören bekommen hat, lässt er sich abführen, ohne viel Widerstand zu leisten.

## 12.

**Franz** kommt nur langsam zu sich. Die Arme über dem Kopf verschränkt, liegt er da, auf dem Rücken, und streckt sich, um den Berührungen seiner Freundin entgegenzukommen. Kurz erscheint die Gestalt seiner Kamerafrau vor seinem inneren Auge, dann verwandelt sich dieses Bild in eine Vorstellung von dem, was mit ihm geschieht. Monika ist über ihm, er kann sie riechen und spüren. Er ist nach dem Einsatz vom Arbeitsamt in der Kendlergasse doch noch zu ihr gefahren und nicht in seine Wohnung. Er war dermaßen müde, dass er, ohne sich auszuziehen, mit den Schuhen an den Füßen, ins frischgemachte Bett fiel und sofort einschlief. Monika muss ihn ausgezogen haben, und jetzt holt sie sich, wozu sie in den letzten Wochen nicht gekommen sind: Nachtmensch und Morgenmensch, nur vorübergehend vereint, wenn ihre Bahnen sich kreuzen. Billy liegt neben dem Bett und schaut aufmerksam zu.

Sie legt einen Polster auf sein Gesicht, sacht, damit er sie nicht ansehen kann, wenn sie endlich mit ihm macht, was sie seit langem will. Er atmet tief, sie sieht es am Brustkorb, wie er sich hebt und senkt, und sie stöhnt dabei ganz leise vor sich hin. Franz rührt sich nicht, kommt ihr nur bei allem entgegen, was sie tut. Der Raum, in den er blickt, ohne die Augen zu öffnen, füllt sich mit einer Lust, die alle Ereignisse des Morgengrauens verdrängt: Diese mit der Hacke zerstückelte Frau im Stuwerviertel, der durchgedrehte Mann im Arbeitsamt, und davor, um Mitternacht, das Mädchen auf der Brücke.

Weder seine ehrgeizige Kamerafrau war vor Ort noch die Polizei oder sonst jemand, der den Notruf getätigt haben mochte. Rätselhaft, wie die Chefin so schnell an die Informationen kommen konnte. Eine dieser schönen, alten Stahlbrücken im Norden der Stadt, die über den Donaukanal führen. Er sah sie von weitem. Im Licht der Scheinwerfer, die das Bauwerk aus der Finsternis hoben, stand sie einfach nur so da, setzte dann zaghaft einen nackten Fuß vor den andern, als er unten auf ihrer Höhe war. Wie in Trance. Sie wanderte in Zeitlupe über den mit faustgroßen Nieten übersäten Brückenträger, der den Kanal in einem Bogen überspannt. Er bewegte sich unten weiter, während sie immer höher stieg. So hoch schließlich, dass er sie kaum noch würde auffangen können. War sie eine Schlafwandlerin? Eine Selbstmörderin? Eine Verrückte? Er hielt den Atem an, wagte es nicht, sie anzusprechen, rückte nur mit ihr in ihrem trägen Takt vor. Sie war nackt. Im Licht des fast vollen Mondes, der über der Brücke stand, konnte er sehen, dass ihre Augen geschlossen waren. Wie war sie nur in diesem Zustand an diesen Ort gelangt? Hier war weit und breit kein Haus in Sicht. Nur diese Brücke, die die Nacht diesseits und jenseits des Wassers verband. Sie hatte langes, blondes Haar, das über ihren schmalen Rücken fiel, und eine Haut weiß wie Elfenbein. Der Figur nach war sie höchstens vierzehn, fünfzehn Jahre alt. Franz konnte sich nicht vorstellen, dass sie es bis ans andere Ufer schaffen würde. Der Anstieg wurde immer steiler, der Träger war keinen halben Meter breit. Das Wasser unten schwarz wie Öl. Sie hielt sich sehr aufrecht, viel zu steif, um über die Steigung zu kommen. Er musste ihr nach, näher an sie heran, wenn er sie nicht erschrecken wollte. Er ging zurück, stieg auf den Stahlträger und folgte ihr.

Er rückte rasch vor, musste sie einholen, bevor sie zur größten Steigung kam. Fiel sie nach innen, wäre sie womöglich tot, fiel sie nach außen, ins Wasser, könnte er hinterherspringen. Wenn sie nach Süden abtrieb, würde er sie im Mondlicht vielleicht sogar finden. Kurz vor der kritischen Stelle kam er so nah an sie heran, dass er sie hätte berühren können. Sie summte ein Lied. Tatsächlich summte sie die Melodie von *Raindrops keep fallin' on my Head*. Wie sollte er sie darauf aufmerksam machen, dass er da war, ohne ihr einen Schock zu versetzen? Franz stimmte leise ein, sang den Text zur Melodie, legte ihr dabei vorsichtig eine Hand auf die Schulter. Sie blieb stehen, wankte ein wenig im Wind, drehte langsam den Kopf zu ihm herum. Als würde sie ihn mit geschlossenen Augen ansehen! Ihr Summen verstummte. Der Moment schien günstig, sie anzusprechen. „Mädchen", flüsterte er, „mein Mädchen, ich helfe dir, gib mir deine Hand." Sie hob ihm ihre Hand entgegen, immer noch alles wie in Zeitlupe, ihre Lider über den Augen begannen zu zucken. Sie wollte ihn anblicken. In diesem Augenblick raste ein Polizeiwagen mit Blaulicht um die Ecke und auf die Brücke. Der Lärm des Folgetonhorns stieß sie geradezu vom Träger. Sie fiel wie eine Puppe. Auf die Straßenseite. Franz hörte sie aufschlagen, ging mit zittrigen Knien in die Hocke und krabbelte wie ein Käfer zurück. Noch bevor er vom Geländer springen konnte, war die Rettung da. Gefolgt vom weißen Mini seiner Kollegin, die mit gezückter Handkamera aus dem Auto sprang. Er wandte sich ab und ging in die andere Richtung los. Weg von allem, einfach hinein in die Dunkelheit am Ende der Brücke.

Monika schüttelt ihn an der Schulter. Billy läuft aufgeregt hin und her und jault. Franz ist vom Gipfel der Lust herab direkt in einen unruhigen Tiefschlaf gefallen, den Träume durchziehen wie Unterströmungen, die einen weit hinaustragen. Er schwitzt und stöhnt unverständliche Worte und Satzfetzen. Plötzlich packt er Monikas Hand, richtet sich halb auf und reißt die Augen auf: „Ist sie ... lebt sie?“ Er murmelt noch etwas, fällt wieder in die Kissen zurück und lächelt gequält. Er weiß jetzt, wo er ist und dass dies ein böser Traum war. Einer aber, den er letzte Nacht wirklich erlebt hat. Billy tapst heran und beginnt seine linke Hand zu lecken, die schlaff vom Bett herabhängt. Ein paar Zentimeter über dem Boden nur, über einem Blutfleck im Teppich, der noch ziemlich frisch ist. Manchmal kriegt er wie aus heiterem Himmel Nasenbluten.

Er denkt an die Helligkeit der Milchstraße über der Brücke. Dort am Stadtrand, wo die künstlichen Lichter spärlicher werden, kann man sie in klaren Nächten gut sehen. Und er denkt an die Milch, die er als Kind in der Kanne am ausgestreckten Arm hat kreisen lassen, schnell und immer schneller. Ist man beim Antauchen oder Abstoppen zu langsam, drückt es ein wenig Milch aus der Kanne. Es war himmlisch, diese Milch von der kühlen Kanne zu lecken. Wenn er sich richtig erinnert, fiel mit dem Körper des Mädchens von der Brücke fast zugleich eine Sternschnuppe vom Nachthimmel. Hat er sich etwas gewünscht? Er weiß es nicht mehr. Aber er hält es für ein gutes Zeichen, obwohl er nicht abergläubisch ist. Jetzt zuckt seine linke Hand und erwidert die Zuneigung des kleinen Hundes, der mit dem Schwanz wedelt.

„Es ist nach Mittag“, sagt Monika und fährt ihm über die nasse Stirn. „Steh auf, dusch dich. Ich mach uns ein Frühstück.“

## 13.

**Sie bleibt vor dem großen Fenster stehen** und schaut eine Weile in den Turnsaal hinein. Es rührt sie, wenn sie ihn inmitten der anderen Kinder sieht, unbeschwert und ausgelassen. Das gibt ihr das Gefühl, dass es ihm gut geht. Wie sein Vater ist auch er ziemlich groß für sein Alter. Diese Größe verlangt ihm mitunter Rollen ab, denen er noch nicht gewachsen sein kann. Aber andererseits, wenn sie sieht, wie er sich in der Gruppe behauptet, auch Älteren gegenüber, verspürt sie einen Stolz, dessen sie sich fast schämt. Er darf in nichts hineingezogen werden, was zwischen Bert und ihr nicht passt! Das sagt sich so leicht. Tatsächlich hat sie keine Ahnung, was hinter dem Auftritt ihres Mannes steckt.

Boris macht einen Sprung, als er sie sieht, und hüpft ihr aus Freude mit gegrätschten Beinen auf die Hüften. Eine Träne rollt über ihre Wange, als sie den zarten, heißen Körper fest an sich drückt.

„Gehen wir zum Spielplatz, Mama!"

„Also gut, mein Schatz, wir gehen auf den Spielplatz. Und das Eis, das du gestern beim Mensch-ärgere-dich-nicht-Spiel gewonnen hast, wann willst du das?"

„Zuerst zum Spielplatz!"

„In Ordnung. Was hat's zu essen gegeben?" Sie hilft ihm in die Schuhe und setzt ihm seine Lieblingskappe auf. Eine blaue, zerfranste, ausgewaschene Schirmkappe, die es so in keiner Designerboutique gibt. Seit zwei Jahren schlägt er jedes Angebot, eine neue Kappe zu kaufen, kategorisch aus.

Ein Park in Form einer Ellipse. Einige sehr alte Bäume mit Aufschriften stehen da, Herkunft, Jahrgang und Art, und im Nordwesten des Parks gibt es Spielplätze für alle Altersgruppen: Klettergerüste, Rutschen, Schaukeln, ein Karussell, Sandkisten, aber auch einen Fußballplatz und einen Käfig, in dem Jugendliche Basketball spielen.

Boris reißt sich los und rennt auf die Anlage zu. Immer wieder bestärkt diese Begeisterung ihren Glauben an das Leben. Sie setzt sich im Schatten einer Eiche auf die Bank, auf der sie immer sitzt, wenn Platz ist. Die ausladende Baumkrone über ihr gibt ihr das Gefühl, unter einem besonderen Schutz zu stehen. Das hat sie heute auch nötig, nachdem Sicherheiten, die sie nie in Frage gestellt hat, ganz einfach weggebrochen sind. Was hat ihr Mann gerufen, als er Hals über Kopf aus der Wohnung gestürzt ist?

„Ich werde dich ..."

Ich werde dich ... was?

Anrufen?

Am Abend sehen?

Verlassen?

Nie hat sie bisher auch nur einen Gedanken daran verschwendet, dass das passieren könnte. Dabei geschieht es doch andauernd um sie herum. Es steht in allen Zeitungen, kommt im Fernsehen und ist auch schon in ihrem Freundeskreis vorgekommen. Die Statistiken sprechen ohnehin Bände. Doch das waren immer nur die Anderen, ihre kleine Familie, ihr großes Glück, blieb davon seltsam unberührt. Es war wie ein Zeichen, dass sie unter einem guten Stern stehen.

Boris kommt vorbei. Er hinkt, hat sich bei einem Sturz ein Knie aufgeschunden. Der Fleck sieht aus wie die Oberfläche einer Erdbeere. Er beißt die Zähne zusammen, verzieht das

Gesicht, weint aber nicht. Rosa kramt in den Tiefen ihrer Tasche und bringt schließlich ein Desinfektionsmittel und ein Pflaster zum Vorschein. Ein spitzer Schrei, als sie die Salbe aufträgt, dann das Mickey-Mouse-Pflaster und er rennt wieder zu den Rutschen zurück. Kleinigkeiten. Wie sie aber mit der Ehekrise umgehen soll, die heute ausgebrochen ist, weiß sie noch nicht.
Zum x-ten Mal schaut sie auf das Display ihres Handys und diesmal ist da der kleine, gelbe Brief, der auf eine Nachricht hinweist. Endlich! Die erhoffte Entschuldigung? Bald wird alles wieder so sein, wie es gestern noch war. Trotzdem, denkt sie dankbar, wird sie einige Dinge ändern müssen, damit so etwas nicht wieder passiert. Am Morgen, bevor dieser Streit wie eine kosmische Störung über sie hereinbrach, hat sie sich in Ruhe überlegt, was zu tun ist, um die alten, glücklichen Zeiten wieder auferstehen zu lassen …
*Treffpunkt Foyer Rabenhof. 19:00. Freu mich! Grüße. Ruth.*
Rosas Enttäuschung ist so groß, dass sie am liebsten eine Zigarette rauchen würde, was sie nicht mehr getan hat, seit sie schwanger geworden ist. Bert lässt also weiter nichts von sich hören. Auf ihre SMS hat er nicht geantwortet. Und er ruft auch nicht zurück, obwohl er doch sehen muss, dass sie versucht, ihn zu erreichen. Wenn sie Boris beim Spielen zusieht, wird ihr klar, dass sie alles tun würde, um ihr Kind zu beschützen. Aber so weit darf es auf keinen Fall kommen, dass sie ihn vor dem eigenen Vater in Schutz nehmen muss. Trotz regt sich in ihr. Das alles hat sie nicht verdient! Wenn Bert sich nicht meldet, bis sie den Spielplatz verlassen, wird sie Ruth Bescheid geben, dass sie am Abend ins Kabarett mitkommt.

## 14.

**Es hat geklappt.** Und zwar genau so, wie er es sich vorgestellt, aber nicht zu hoffen gewagt hat. Die Pistole, eine Walther aus brüniertem Stahl, steckt zwischen dem Hosenbund und seinem Rücken. Er musste seinen Gürtel um ein Loch weiter stellen, damit sie bequem passt. Noch spürt er sie bei jedem Schritt, aber bald wird er sich daran gewöhnt haben. Dieses Ding gibt ihm das Gefühl, Arme zu haben, die überall hinlangen können. Beim Militär, aus dem er unehrenhaft entlassen wurde, war er einer der besten Schützen.

Die Tasche mit den Toilettesachen, den Zigaretten und Zeitungsausschnitten von damals hat er geschultert. Die Kassette mit der Aufnahme steckt in der rechten Innentasche seines Sakkos. Unterwäsche zum Wechseln und ein Wertkartenhandy hat er sich gekauft. Langsam schlendert er die Bergmanngasse stadtauswärts, raucht und mustert im Vorübergehen die Autos am Straßenrand. Hinter den dunklen Gläsern der Ray Ban fühlen sich seine Blicke sicher. Die Hitze dieses Tages dringt immer mehr in ihn ein. Ansatzlos tritt er plötzlich an einen Wagen heran, einen roten Toyota aus den Achtzigern, öffnet die Tür und setzt sich hinein. Im Schutz der getönten Scheiben schaut er sich um, bevor er sich die Kippe in den Mundwinkel klemmt und mit einem Ruck das Plastik unter dem Lenkrad ein Stückweit aufreißt. Er beugt sich hinab und schaut sich das Büschel Drähte in dem Loch genau an, fasst schließlich mit beiden Händen hinein, reißt ein Kabel heraus und überbrückt die Zündung. Genau deswegen hat man ihn zum zweiten Mal eingesperrt.

Der Wagen springt sofort an. Ohne Schlüssel könnte er nicht tanken, aber der Tank ist fast voll. Das Glück des Tüchtigen, denkt er, lächelt, richtet sich den Rückspiegel und fährt los. Ein kurzer Blick in den Spiegel sagt ihm, dass er auf der richtigen Spur ist. Auf der, die er sich vorgenommen hat. Er holt das Handy heraus und legt es auf den Beifahrersitz. Wieder lächelt er sein schmales Lächeln. Wer sollte ihn schon anrufen! Niemand vermisst ihn. Bis auf die Mutter, korrigiert er sich, und vielleicht Wanda. Diesen Gedanken streicht er durch. Sentimentalitäten könnten ihm heute schaden. Er lacht. Ein Satz wie aus dem Horoskop einer Scheißzeitung. Es könnte immerhin sein, dass diese Frau zurückruft. *Diese Frau* nennt er sie bei sich, seit sie ihn im Stich gelassen hat, obwohl er sie früher Silvia und vor allem auch Süße genannt hat. Seine Nummer müsste sie ja nun haben, nachdem er sie bereits angerufen hat.

In der Beschleunigung atmet er auf. So wie er auf etwas Neues zufährt, lässt er das Alte hinter sich. Das kann er sich jedenfalls einbilden, wenn er aufs Gas tritt, um die Kraft des in die Jahre gekommenen, aber noch starken Motors zu spüren. Er fährt zügig, achtet jedoch auf die Regeln, um nicht unnötig aufzufallen. Er kennt dieses Modell, hatte selbst den gleichen Wagen in Schwarz, als sein Leben gerade vollends auf die schiefe Bahn geriet. Noch sitzt ihm die Begegnung mit Wanda in den Knochen. Wenn er ihr vertraut und sich ganz an sie gehalten hätte, wäre vielleicht alles anders gekommen. Obwohl sie machte, was sie eben machte, stand sie immer mit beiden Beinen im Leben. Auf der Seite, wo die selbsternannten Guten stehen, denkt er, gedrängt wie Pinguine auf zu dünnem Eis.

Er drückt die CD in den Player ... CCR, nicht übel, *I heard it through the Grapevine* ... Er hat sich also die richtige Kiste gegriffen, John Fogerty war ein Idol seiner Jugend.
Auf der Autobahn kann er es nicht länger lassen. Er steigt aufs Gas und beschleunigt, bis die Nadel des Drehzahlmessers im roten Bereich zittert. An die Grenze von etwas zu gehen, erregt ihn noch immer. Nur ein kleines Stück weiter, und alle Gesetze verschieben sich. Früher ist er oft zu weit gegangen, jetzt nimmt er den Fuß vom Gas und reiht sich in die mittlere Spur ein. Die langweilige Reisegeschwindigkeit von Vertretern, Lehrern und dem grauen Schnitt. Auf einmal verschwindet das Vibrieren der Maschine, das Zischen der Reifen und dieser verengte, nur nach vorne gerichtete Blick. Es öffnet sich die hügelige Landschaft und zieht ihn in ihren Bann. Ein riesiger, fast paradiesischer Garten, der die Sehnsucht nach einer Zeit in ihm weckt, die er nie erlebt hat, nach einem Landstrich, den er nie kennengelernt hat. *Avalon.* Apfelland. Und keine Schlangen, die einen wie ihn in Versuchung führen.
An einer Raststätte stellt er den Wagen ins Abseits und sucht sich einen Platz auf der Terrasse, bestellt Kaffee und eine kleine Flasche Bier. Hier – mit Blick auf die vierspurigen Fahrbahnen und die vielen Autos, die näher kommen und in der Ferne verschwinden – fühlt er sich wohl wie schon lange nicht mehr. Das Eintauchen in den Strom des Verkehrs erinnert ihn ans Meditieren, wie es ihm ein Mithäftling gezeigt hat. Das Nichts denken. Auftauchen aus dem Zwang des Begehrens, um das Nichtdenken zu denken. Und im Nichthandeln zu handeln. Intuitiv. Überbewusst. In Übereinstimmung mit dem Kleinsten und Größten. Wenn er mit seinem Programm hier durch ist, wird er seine Erfahrung mit dem Zen vertiefen.

Zwanzig Kilometer vor Wien klingelt das Handy auf dem Beifahrersitz. Er schaut abwechselnd auf die Straße vor sich und das Telefon, das von den Vibrationen bewegt wird. Er erkennt die Nummer, die er vor zwei Stunden gewählt hat. Noch einen Moment lang hält ihn die Möglichkeit zurück, nicht ans Telefon zu gehen und die Sache einfach sein zu lassen. Wanda hat gesagt, je schneller er wieder bei ihr ist, desto größer die Chancen für sie beide. Handeln im Nichthandeln!
Dann zuckt seine Hand hinüber und greift sich das Ding.

„Bist du es?" Ihre Stimme klingt genauso hysterisch wie am Vormittag, obwohl sie sich hörbar um Balance bemüht. Sie atmet gepresst.
„Wer sonst, Süße?" Diese Anspielung auf früher lag ihm schon beim Gespräch am Vormittag auf der Zunge.
„Lass das!" sagt sie. „Ich wollte nicht auf deinen Anruf warten und mir damit noch ein paar Stunden mehr vermiesen." Sie holt tief Luft am anderen Ende. „Ich muss dir sagen, dass ich dich nicht treffen kann, heute nicht und überhaupt nicht. Und ich gebe dir den Rat, alles so zu lassen, wie es war, sonst ...", sie zögert, „sonst landest du schnell wieder, wo du herkommst."
„Ach Silvia", entgegnet er kurz und klemmt sich das Handy mit der Schulter ans Ohr, um sich eine anrauchen zu können, „sei doch vernünftig! Du weißt, was mir zusteht und dass ich mir das holen werde. Oder denkst du, ich habe all die Jahre aus Liebe zu dir den Mund gehalten? Wir hatten zwar eine Affäre, aber verliebt warst du doch in Josef, stimmt's? Und Josef war übrigens auch nie mein Freund, höchstens ein Kumpel mit einer verrückten Idee und realistischen Vorstellungen davon, wie man die umsetzt."

„Aber das ist doch alles schon verjährt!" Wie sie das sagt, klingt es irgendwie hilflos.
„Da muss ich dich leider enttäuschen", sagt er ruhig. „Doch auch das weißt du besser, so wie ich dich kenne. Verjährt wäre es, wenn man mich nicht früher entlassen hätte. Wegen guter Führung übrigens. Du siehst, ich bin noch der Alte." Er lacht.
Sie hat sich alles überlegt, und nun scheint es Zeit für diesen Trumpf. „Niemand wird dir glauben", erwidert sie mit falschem Hohn in der Stimme. „Nicht bei deinem Vorleben."
Er ignoriert das, konzentriert sich auf den Verkehr, der zunimmt, je näher er der Stadt kommt.
„Ich hab da was, das muss ich dir zeigen, dir und Josef. Dann könnt ihr die Situation besser beurteilen und wir suchen einen Kompromiss, der mich entschädigt. Wie gesagt, niemand soll jetzt noch büßen, das habe ich euch abgenommen. Aber es muss für alle reichen, die ganze Bande. So war's doch auch geplant, oder etwa nicht?"
Schweigen. Er raucht an der Glut der alten eine neue Zigarette an, kurbelt das Fenster ein Stück herunter, schnippt den Stummel hinaus. Der Fahrtwind im Gesicht tut ihm gut. Der Wagen hat keine Klimaanlage.
„Also gut", lenkt sie endlich ein, „wir reden." Sie räuspert sich.
„Reden ist ein Anfang."
„Komm am Nachmittag ins *Josefs*, Punkt drei. Dann ist das Mittagsgeschäft vorüber und er hat Zeit. Ich werde in der Zwischenzeit mit ihm reden ..."
„Wohin?"
Sie überlegt kurz. „Wollzeile Ecke Blutgasse, innere Stadt."
„Klingt nicht schlecht", sagt er, drückt das Gespräch ab und

wirft das Handy auf den Beifahrersitz. Am Horizont zeigen sich die ersten Hochhäuser. Glastürme, die es noch nicht gegeben hat, als er das letzte Mal hier war. Schwarzer, dunkelblauer und weinroter Glanz im Licht einer Sonne, die alles gibt an diesem Tag und kaum Schatten duldet. *Protuberanzen,* denkt er plötzlich und weiß nicht genau, was das eigentlich ist.

# 15.

**Durch die Weinberge** zu laufen, hat ihr wie immer gut getan. Sie weiß wieder, wer sie ist, was sie kann und, vor allem, was sie will. Nach einem vegetarischen Snack klebt sie sich ein Nikotinpflaster an den Oberarm, verdunkelt das Schlafzimmer und legt sich hin. Mittlerweile hat die Haushaltshilfe aufgeräumt, die Spuren der letzten Nacht sind beseitigt. Das Bett ist gemacht, aber nicht frisch bezogen. Sie bildet sich ein, noch einen Hauch vom Rasierwasser des Jünglings zu riechen, dem sie diese Nacht angeboten hat. Zur Sicherheit zieht sie sich die schwarze Maske über die Augen, die sie beim letzten Langstreckenflug nach Mauritius bekommen hat. In Gedanken an diese Reise, die letzte gemeinsame mit Josef, schläft sie ein. Nicht einmal im Schlaf ist sie gewillt, das Lächeln aufzugeben, das der Traum vom Glück in ihrem Gesicht hinterlassen hat.

In ihrem Traum beginnt es auf einmal zu regnen. Ein warmer Sommerschauer, der im grünen Licht draußen plötzlich niedergeht. Große, träge Tropfen, die sie zählen könnte, würde sie sich konzentrieren. Von den Fenstern weht ein Hauch kühle Luft ins Zimmer und bringt den Duft nach frisch gemähtem Gras, reifen Trauben und Pilzen mit herein. Sie schlägt das Tuch zurück, steht auf und setzt einen Fuß vor den anderen, bis sie am Fenster ist, es ganz aufstößt und sich hinaus lehnt. Der lauwarme Regen netzt ihren nackten Körper, ihr Gesicht, die Brüste, ihre Scham. Als sie sich ganz hingibt, beginnt es auch in ihr zu regnen. An ihren Schenkeln mischen sich die warmen Wasser und fließen über Beine und Füße. Ein wohliger

Schauer rieselt durch ihren Körper, vom Kopf herab bis zu den unschuldigen Zehen.

Der Klang ihres Weckers spült sie vom Traum in die Welt zurück. In Wellen kommt sie zu sich. Sie zögert das Erwachen hinaus, so gut es geht ... Bis sie sich schließlich energisch aufrichtet, die Maske auf die Stirn schiebt und ins Zwielicht des Zimmers zwinkert. Der schmale Spalt Licht unter der Jalousie scheint so gleißend, als würde draußen jemand mit dem Schweißgerät eine Naht ziehen.
Beim Aufstehen spürt sie die Nässe und als sie flüchtig hinblickt, sieht sie den Fleck, der sich schwarz vom dunklen Lila des Satins abhebt. „Schon wieder geträumt", murmelt sie auf dem Weg ins Bad, lächelt, weil sich ihr Körper daran erinnert, dass sie es genossen hat. „Du schlimmes, schlimmes Mädchen!" Nachdem sie sich nicht einmal mit einer langwierigen Therapie davon befreien konnte, hat sie beschlossen, sich damit zu versöhnen und es als Zeichen zu sehen. Seither glaubt sie fest daran, dass ihr diese Träume und die damit verbundenen Flecken Glück bringen.
Der Termin ist um dreizehn Uhr, wovon sie sich mit einem Blick auf den Kunstkalender in der Küche vergewissert. Sie wird mit dem Auto zur Fernsehanstalt fahren, zur Premiere am Abend dann aber mit einem Taxi, damit sie sich beim Feiern nicht so zurückhalten muss.
Der kurze, tiefe Mittagsschlaf hat ihre besten Kräfte zum Vorschein gebracht. Sie fühlt sich ausgeruht, konzentriert und stark. Und sie freut sich auf das Interview über ihre Arbeit und das neue Programm, obwohl sie die Sterilität der Fernsehstudios nicht besonders mag: Das künstliche Licht, das Glotzen der Kameras, die schlechte, von all den Geräten aufgeheizte Luft. Aber sie tut es nicht für sich,

sondern für ihr Werk, denkt sie, und dieser Gedanke beruhigt sie, obwohl sie ahnt, dass etwas daran faul ist.
Im Schrankraum dreht sie sich einmal um die Achse, um sich all ihrer Schätze zu vergewissern. Leicht und luftig! Dieser Wunsch formiert sich in ihrem Bewusstsein, als sie sich genauer umsieht. So wird sie sich heute fühlen, und die Wahl der richtigen Kleider soll diesem Gefühl das entsprechende Aussehen verleihen: Ein Sommerkleid, das sie aus Paris mitgebracht hat, halbhohe, braune Riemchenschuhe der Fratelli Rossetti, dazu die fliederfarbene Fendi-Tasche, die ihr Josef in besseren Zeiten einmal geschenkt hat.

# 16.

**Nach dem späten Frühstück** mit Monika und Billy, der die Reste gefressen hat, sucht Franz alles zusammen, was er für dieses Interview braucht: Notizen, alte Zeitungsartikel und die Instruktionen der Chefin, die ihm hin und wieder einen Job im Kulturbereich zukommen lässt. Das macht sie, weil er der beste Mann im Team ist, aber auch um zu verhindern, dass er depressiv und arbeitsunfähig wird wie zwei News-Flash-Leute zuvor. Egal, warum sie es tut, denkt er und spült seine Pille mit einem Schluck kalten Kaffee hinunter. Hauptsache, sie macht es! Mit diesen Erfahrungen kann er später einmal in der Kulturabteilung anheuern. Obwohl das einen Karrieresprung bedeuten würde, bereitet es ihm auch Unbehagen, denn es würde wohl heißen, das Studium der Astrophysik endgültig an den Nagel zu hängen.

„Dieser Nagel ist noch nicht eingeschlagen!" sagt er vor sich hin und sucht die Klamotten für Aufträge dieser Art zusammen.

Billy bellt, als würde er das bestätigen, und Monika ruft aus der Küche: „Was hast du gesagt?"

„Ich habe ... Egal, nicht so wichtig."

Er geht ins Bad, steckt den Philishave an, konturiert die Kanten der Koteletten, stutzt, so gut es geht, die lästigen Härchen in der Nase und rasiert sich einen Fünftagebart. Massiert sich einen Tupfen Wax in die Haare und zerzaust sich die Frisur, bis sie der Matte von Ron Wood in seinen besten Tagen ähnelt.

Was er gesehen hat, beim Sondieren des Videomaterials, das er von der Chefin bekommen hat, konnte ihn kaum überzeugen. Eine Frau in den Dreißigern, die davon überzeugt ist, mit ihrer Art Humor könnte sie die Wahrheit über irgendetwas ans Licht bringen. Die Tölpel und Dummen, Promis und Politiker, Ewiggestrigen und Arschlöcher auf die Schaufel zu nehmen und bloßzustellen, reicht seiner Meinung nach nicht aus, um sich als Künstlerin aufzuspielen. Diese Narren versetzen die Narren in den Theatern und vor den Fernsehern in einen Lachrausch, denkt er, während er sein Geschäft erledigt. In einen Rausch, auf den natürlich ein Kater folgt, der sich in die mannigfaltigsten Depressionen kleidet, die wiederum mit der Volksdroge Kabarett kuriert werden. Ein fataler Kreislauf, der eine ganze Gesellschaft in die Infantilität stürzen kann, denkt Franz, zieht die Hose hinauf und knöpft sie zu. Dass man beziehungsweise *frau* mit feministischer Rhetorik aus den Achtzigern überhaupt noch punkten kann, ist ihm ein Rätsel. Aber das alles läuft wie geschmiert! Ihm kann es aber auch egal sein. Im Grunde ist er doch ein Freak, den dieser ganze Zeitgeistscheiß überhaupt nicht tangiert. Aber er hat diesen Auftrag, und dazu gehört in diesem Fall auch, sich mit einer Materie auseinanderzusetzen, die im großen, weiten, schönen Kosmos überhaupt nicht der Rede wert ist.

Er setzt seine Lieblingskappe auf, schlüpft in seine Stiefeletten, steckt sich die Sonnenbrille an den Ausschnitt des T-Shirts, schnappt die Umhängtasche mit den Unterlagen und nimmt Billy an die Leine. Als er Monika in der Küche zum Abschied küsst und dabei kurz die Augen schließt, sieht er das Mädchen auf der Brücke. Hell ragt sie in die Dunkelheit über dem Kanal.

Billy wird er während des Interviews einer technischen Assistentin überlassen. Die hat sich bereits in den kleinen Kläffer mit den geknickten Ohren und dem wackligen Gang verknallt.

Sie kommt aus dem Schminkraum, als er sie sieht, und schaut etwas verloren nacheinander in alle drei sich anbietenden Richtungen. Man wird alt, denkt Franz, bevor man sich im Labyrinth dieser immer gleichen Gänge und Türen auskennt. Sie sieht viel besser aus als auf den Videos, die er gesehen hat, obwohl sie mittlerweile fast zehn Jahre älter sein muss: Eine große, schlanke Frau, irgendwie schick und sexy zugleich, der man gerne ins Gesicht schaut, das von intensiv dunklen Augen und einem weinrot geschminkten, ironisch geschwungenen Mund dominiert wird.

Er spricht sie an, stellt sich vor und geht, immer einen halben Schritt vor ihr her, in Richtung Studio, hält ihr brav alle Türen auf, überholt sie dann wieder und versucht, ihr mit Smalltalk die Nervosität zu nehmen, die sie um sich her verbreitet. Da ist sogar etwas Schüchternes, eine Art skeptischer Reflex in diesen Augen, der ihm gefällt und ihn zwingt, seine Vorurteile ein wenig zu revidieren. Und was kann sie dafür, dass ihm das höhere Geblödel dieser Spaßvögel schon seit langem zum Hals heraushängt? Aus dem, womit er es in vielen Nächten zu tun hat, lässt sich meist nicht einmal ein schlechter Witz herausschlagen.
Er bringt ihr ein Glas Mineral. Dann gehen sie gemeinsam den ungefähren Verlauf des Gesprächs durch, während eine Lichttechnikerin und die Kameraleute die letzten Checks machen. Sie strafft ihre Figur und nickt nur, als er fragt, ob sie bereit ist. Er verkabelt sie und steckt ihr, nachdem sie es

nicht gleich schafft, das winzige Mikro an den Ausschnitt des Kleids. Als er dabei an die Rundung ihrer Brust streift, versetzt es ihm einen elektrischen Schlag. Es knistert, er zuckt zurück, sie erschrickt, und der Bann ist gebrochen. Beide lachen befreit auf, bevor sie Platz nehmen und die Crew in Stellung geht. Mithilfe eines Spickzettels stellt er sie vor. Sie schlägt das linke Bein über das rechte, dann wieder das rechte über das linke, als wollte sie sich ablenken von dem, was er über sie sagt. Franz denkt, er darf sie nicht so anschauen, auf diese unprofessionelle Weise, und beginnt mit den Fragen.

„Wie ich es verstehe, lassen Sie in Ihrer Arbeit unterschiedliche Ansichten so lange auf einander los, bis die Funken sprühen. So setzen Sie den Witz frei, der in den Missverständnissen des Alltags verborgen liegt."
„Alle Differenzen", beginnt sie ihre Antwort, „ob geschlechtlicher, gesellschaftlicher oder moralischer Art, sind eine unerschöpfliche Quelle für diese Missverständnisse, die Sie ansprechen. Und jedes dieser Missverständnisse trägt die Pointe in sich, die ich zur Explosion bringen will. Oder zur Implosion, was subtiler und demnach auch anspruchsvoller und schwieriger zu verstehen und vermitteln ist. Ich arbeite mit einem Mix aus beidem."
Die Worte Implosion und Explosion schleudern ihn in Gedanken weit in den interstellaren Raum hinaus, wo sich mit großer Wahrscheinlichkeit gerade jetzt irgendwo eine Supernova ereignet beziehungsweise die Entstehung eines Roten Riesen, Weißen Zwerges oder Schwarzen Lochs. Ereignisse von solcher Schönheit, Kraft und Rätselhaftigkeit, dass man darüber eigentlich nur in ein philosophisches Lachen ausbrechen kann, will man darüber nicht verrückt werden.

„Können Sie mit dem Begriff *Kosmischer Humor* etwas anfangen?“ Diese Frage steht definitiv nicht auf seinem Zettel, auch wenn er noch so konzentriert drauf schaut, während er sie formuliert.
„Köstlicher Humor, komischer Humor, kosmischer Humor ... Was unterscheidet Ihrer Ansicht nach den kosmischen Humor vom göttlichen Humor?“
Franz lässt die Gegenfrage auf sich wirken. Ihr dichtes Haar glänzt pechschwarz im Licht der Scheinwerfer. Ihre Augen funkeln feucht.
„Göttlicher Humor amüsiert sich über das Menschliche und, vor allem, Allzumenschliche. Und kosmischer Humor entsteht aus der Abwesenheit Gottes im Universum und der Verzweiflung darüber. Diese Verzweiflung schaut in den Spiegel, erkennt sich irgendwann selbst und kann nicht mehr anders, als über diese Absurdität in ein befreiendes Lachen auszubrechen.“
„Ehrlich gesagt“, sagt sie, „kümmere ich mich nicht besonders um Theorien über das Konkrete. Manchmal fällt mir etwas auf, ein falscher Ton im Gespräch, oder mir springt etwas ins Auge, eine Diskrepanz, und daraus schlage ich Funken, die eine Situation entzünden können ...“ Plötzlich wird sie unruhig, mitten im Satz, fällt ein wenig in sich zusammen. Franz bemerkt es, die voyeuristischen Kameras zeichnen es unbarmherzig auf.
Sie sieht düsteren Rauch vom Bühnenrand aufsteigen, dann lecken auch schon die ersten Flammen über die Rampe. Das Mikrofon in ihrer Hand wird bald so heiß sein, dass sie es fallen lassen muss ...
Franz spürt, wie sich da etwas Bedrohliches aufbaut, und springt mit einer Frage ein: „Wie finden Sie es, dass die Schadenfreude zum dominierenden Motiv in der Kleinkunst wird?

Der kleinbürgerliche Beißreflex löst den reflektierten Sprachwitz der Meister des Metiers immer mehr ab. Niemand kann oder will in die Fußstapfen etwa eines Otto Grünmandl treten. Sind die heutigen, sagen wir mal, Produzenten und Konsumenten dieser Kleinkunst einfach zu dämlich, um Nuancen zu kapieren? Muss man oder *frau*" – Franz lächelt nachsichtig – „dem Endverbraucher mit dem Hammer auf den Kopf hauen, um ihm zu signalisieren, dass er jetzt lachen muss?"
Sie hat ihre Absence überwunden, richtet sich im Sofa auf und sagt: „Die Konsumenten, wie Sie das Publikum nennen, brauchen immer stärkere Dosierungen, um zum Lachen gebracht zu werden. Unzählige TV-Comedys mit Instantgelächter – und manche sind nicht übel – setzen seit langem neue Maßstäbe, hinter denen wir nicht zurückbleiben dürfen. Ein falscher Wettstreit, ich weiß, eine grässliche Abwärtsspirale, was die Qualität angeht, die ... ich weiß nicht wohin führen wird ..."
„In die spießige Privathölle der Spaßmacher!" wirft Franz ein. „Wer nicht lacht, wird sofort liquidiert."
„... wo die Schadenfreude, wie Sie richtig gesagt haben", ergänzt sie, „zum alles beherrschenden Motiv wird. Und das finde ich gar nicht gut."
„Ironie ist also out, und Schadenfreude regiert das kleine Universum der Spaßvögel?" Er findet sie so sympathisch, dass er nicht anders kann, als kritische Fragen und Bemerkungen in einer allgemeinen und nicht persönlichen Art zu formulieren.
„Um Ironie zu verstehen und genießen zu können, muss das Gehirn in Aktion treten. Aber dazu musst du erst eins haben, das diesen Namen verdient, und es noch dazu benutzen wollen und können. Aber das ist dann wohl ein wenig viel

verlangt, wo du den dümmsten Witz mit Ablaufdatum im Sonderangebot auf jedem Sender nachgeschmissen bekommst."
„Wäre nicht", fragt Franz, „die Wiederbelebung des schwarzen Humors die Möglichkeit, ein total an die Wand gefahrenes Gewerbe vor dem vollkommenen Stumpfsinn zu retten?"
„Der schwarze Humor ist eine Wunderwaffe, die zu allen Zeiten ins Schwarze getroffen hat. Das Problem ist bloß, dass die meisten Produzenten glauben, ohnehin damit zu arbeiten, obwohl sie ganz simpel nur äußerst ordinäre und im besten Fall peinliche Dinge produzieren. Es ist einfach ein Problem der fortschreitenden *Begriffsstutzigkeit*, verstehen Sie?"
„Verstehe", sagt Franz. „Die Sprache wird nicht mehr zum Sprechen gebracht, sondern nur mehr ausgeschlachtet. Wie eine Leiche auf der Pathologie."

Bei einem Becher Automatenkaffee fragt sie ihn, ob er Zeit und Lust hat, sie zum Essen zu begleiten. Zum Dank für „das etwas andere Interview", wie sie es nennt, das sie aus ihrer Routine gerissen habe. Er sei selbstverständlich eingeladen, sie kenne den Koch. Für das, was der an guten Tagen auf die Teller bringe, bürge sie persönlich!
„Dann schauen wir halt", sagt Franz, „ob dieser Tag ein guter Tag ist."
Er ist bemüht, sich seine Freude über diese Einladung nicht anmerken zu lassen. Er wollte sie fragen, ob sie noch auf ein Getränk mit ihm kommt, wusste aber nicht so recht, wie, ohne aufdringlich zu wirken. Als er ihr das Mikro vom Kleid montiert, bleibt das elektrische Knistern aus. Beide schmunzeln, in Erinnerung an diesen Austausch von

Energie, und er spürt einen Moment lang die seidige Glätte ihrer Haut an der Spitze seines rechten Zeigefingers.

## 17.

**Diese große Stadt** ist der richtige Ort, um zu verschwinden. Je mehr Menschen, desto geringer die Aufmerksamkeit, die einem zuteil wird. Nie in seinem Leben hat er das Gefühl ganz abschütteln können, auf der Flucht zu sein. Aber wovor? Vor dem Gesetz etwa? Der allgemeinen Verfassung, die irgendwie nicht für ihn gemacht ist? Das ist nicht ganz falsch, er weiß es, aber nicht die Ursache, sondern die Folge von etwas. Die Ursache ist wie ein Abszess im Kern seines Bewusstseins. Ein Furunkel, das im Verborgenen schwärt und immer wieder einmal aufbricht und Eiter spuckt. Dann, wenn niemand damit rechnet, am wenigstens er selbst. Vielleicht ist die Ursache der Verlust von fast allem, was er geliebt hat. Die Unschuld der Kindheit, den Vater, die Freiheit, womöglich auch Wanda. Die Ursache bin ich selber, denkt er bisweilen, wenn er zur Ruhe kommt.

Er stellt das Auto in der Nähe der U-Bahn ab. Es noch länger zu benutzen, könnte gefährlich werden. Sein Zeug und die Tasche nimmt er mit, dazu noch die CD mit den CCR-Songs. Hier in der Hauptstadt ist es noch um zwei, drei Grad heißer. Von früheren Besuchen kennt er sich immerhin soweit aus, dass er die Himmelsrichtungen nicht durcheinander bringt. Er weiß ungefähr, wie der Strom die Stadt teilt und die Bezirke um die Innenstadt angeordnet sind.

Bis zum Treffen mit Silvia und Josef ist noch Zeit. Er überlegt, sich in einen schattigen Gastgarten zu setzen und etwas zu trinken. Aber er sollte nüchtern bleiben, wenn er seine Sache voranbringen will, und ist das Trinken nach so langer Abstinenz nicht gewöhnt. Obwohl, hin und wieder hat es drinnen auch Alkohol gegeben. Wenn man Geld und die richtigen Beziehungen hatte: Drogen, Alkohol, Handys, Sex mit Schwulen, mit Transvestiten. Er hat sich aus alldem herausgehalten, so gut es ging. Seine fixe Idee, zu tun, was er im Begriff ist zu tun, hat ihm dabei geholfen. Er taucht weg, unter Tag, nimmt die Sonnenbrille ab, steckt sie in die Brusttasche des Sakkos zu dem Stück Kruzifix der Mutter. Die Luft in dem weitverzweigten System der Röhren ist warm und bringt kaum Erleichterung. Sie legt den Schweiß trocken und sorgt doch zugleich dafür, dass er weiter fließt.

Alle scheinen irgendein Ziel zu haben. Sogar Junkies und Stadtstreicher folgen einer verborgenen Topografie ihrer Orientierungslosigkeit und Sucht. Er lauscht dem Rauschen der Züge in den Tunneln, während er das U-Bahn-Netz studiert. Eine Haltestelle an der grünen Linie löst eine Erinnerung in ihm aus. Die Vorstellung eines klimatisierten, dunklen Kinosaals, wo er sich in Ruhe auf das Treffen vorbereiten kann.

Dass er erneut wieder nicht weiß, wie der Automat für die Tickets zu bedienen ist, macht ihn wütend. Nach der dritten missglückten Transaktion schlägt er mit der Faust auf den Touchscreen und beschädigt das Glas. Schließlich sucht er einen Schalter auf und kauft eine Tageskarte. Diesen arroganten Schnösel in seiner Scheißuniform hätte er am liebsten durch das Oval des Sprechlochs gezogen, geohrfeigt und wieder zurückgestopft. Er ahnt aber, dass er sich nach dem Zwischenfall mit dem Kontrolleur am Morgen besser keine Ausraster mehr leisten sollte.

Die Fahrt gibt ihm seine Ruhe und Sicherheit zurück. Hier ist er fremder als die vielen Fremden, die an ihrem Habitus, ihrer Sprache und Kleidung als solche zu erkennen sind. In dieser Anonymität liegen eine Menge Möglichkeiten. Das Kino gibt es noch. Unverändert sogar, wie er feststellt, als er das Foyer betritt. Um diese Zeit werden nur zwei Filme gezeigt. Er entscheidet sich für *Lohn der Angst*. Wieder einmal. Er hat den Film aus den Fünfzigern bereits ein paar Mal gesehen. Und stets kam ihm vor, Yves Montand verkörpere darin auch sein eigenes Leben. Das erschüttert und stärkt ihn und gibt ihm ein Bild von sich selbst, das ihn eine Zeitlang mit dem Schicksal versöhnt.

# 18.

**Silvia sinkt mit einem Seufzer** auf den gepolsterten Sessel, den ihr Josef diskret unter den Hintern schiebt. Für den Moment ist sie erleichtert. Sie hat sich den Nachmittag freigenommen, nach allem, was im Amt geschehen ist. Denkt sie aber an das, was sie noch erwartet, muss sie einfach seufzen. Am liebsten würde sie ächzen, toben und schreien! Doch hier, in dem feinen Restaurant ihres Jugendfreundes, will sie sich beherrschen. Und das ist gut so, spürt sie, wenn sie sich an die beiden Telefonate erinnert. Plötzlich hat sich unter ihr ein Loch aufgetan. Ein finsterer Schacht, der geradewegs in die Vergangenheit führt. Sie hat Angst davor hineinzukriechen, um nachzusehen, was genau da drin sein könnte. Aber auch, wenn sie nur dasitzt und wartet, kommt etwas aus dieser tiefen Dunkelheit direkt auf sie zu.

„Was ist mit dir?" Josef fixiert ihren unsteten Blick, rückt ein paar Dinge auf dem Zweiertisch zurecht. „Willst du gleich einen Aperitif oder wartest du wie immer auf Bert?"
„Ich muss unbedingt mit dir reden, sobald das Hauptgeschäft abflaut", sagt sie.
„Hat das nicht Zeit bis heute am Abend? Wir sehen uns doch" – Josefs Nase nickt andeutungsweise auf einen Tisch weiter hinten – „nach ihrer Vorstellung auf der Premierenfeier."
Wieder seufzt Silvia. „Nein ... Ich meine, ja, wir sehen uns hoffentlich, aber so lange kann das nicht warten." Sie zögert ... „Gib mir eine Zigarette. Bitte!"
„Ungern", sagt er, hält ihr aber zugleich die geöffnete Packung hin. „Du sitzt hier übrigens im Bereich für Nichtraucher."

„Heute ist nichts, wie es sein soll.“ Sie beugt sich mit der Spitze der Zigarette über sein silbernes Zippo, inhaliert tief und sinkt in den Sessel zurück. „Also bis dann! Und bitte, ja, bring mir doch einen trockenen Sherry. Wer weiß, ob Bert rechtzeitig von der Arbeit weg kann.“

Mein geliebter Bert, denkt sie, während sie Josef nachschaut, der – mit einem Nicken hier, ein paar freundlichen Worten da – gemächlich durch sein Revier tingelt. Souverän wie ein Meister seines Fachs, der sich sicher ist, dass er die kulinarische Libido seiner Gäste voll unter Kontrolle hat. Auch bei all dem Stress, denkt sie weiter, den Bert manchmal in der Arbeit hat, kann sein Vormittag im Vergleich zu ihrem nur besser gewesen sein.

Durch Wolken grauen Rauchs, den sie angriffslustig ausstößt, taxiert sie abwechselnd den Eingang, in dem Bert bald auftauchen müsste, die Missbilligung in den Mienen der Nichtraucher und das Paar vier Tische weiter, auf das Josef hingewiesen hat: Seine Exfreundin, die noch immer versucht, ihm zuzusetzen, indem sie ein weiteres Mal mit einem deutlich jüngeren Mann hier aufkreuzt. Immerhin hat sie für heute Abend zwei Freikarten von Josef, überlegt Silvia. Wäre doch gelacht, denkt sie mit einem Anflug von verzweifeltem Humor, wenn es nicht wenigstens an diesem Abend eine Menge zu lachen gäbe.

Das *Josefs* ist, wie immer um diese Zeit, fast voll. Auf den wenigen noch freien Tischen stehen Kärtchen mit der Aufschrift *Reserviert*. Josef hat es geschafft, aus dem alten Gasthaus ein veritables Restaurant zu machen, das der Krise im Allgemeinen und der Konkurrenz im Besonderen trotzt. Im Gegensatz zu anderen Gourmettempeln mit Haubenköchen, die mit der Krise kämpfen und sich mächtig anstrengen, um irgendwie zu überleben, schwimmt Josef

auf der Krise, surft die Krise, diese Riesenwelle, eine Kurve, die immer tiefer absackt.
„Krise der Politik, Krise der Banken, Krise der Wirtschaft, Krise des Kapitals, Krise der Kaufkraft, Krise der Natur, Krise des Geistes, Krise des Klimas, Krise der Ideen, Krise der Götter, Krise der Menschen und Krise der Welt und des Kosmos in Ewigkeit Amen ...“, murmelt draußen Bert, der versucht, den Eingang des *Josefs* zu öffnen, indem er die Tür hartnäckig nach außen zieht, obwohl er sie schon oft nach innen gedrückt hat, um Silvia hier zu treffen. Wer von den Passanten in der Blutgasse genauer hinsieht, stellt unweigerlich fest, dass dieser Mann nicht ganz sicher auf seinen Beinen ist.

Vom Chef persönlich haben sie einen der besseren Plätze zugewiesen bekommen. Mit einem undurchschaubaren Seitenblick auf Franz und den Hund küsst Josef seine ehemalige Geliebte auf beide Wangen und führt sie, obwohl der bereits reserviert ist, zu ihrem Stammplatz. Er bittet eine Kellnerin, sie möge eine kleine Schüssel mit Wasser für ... „Wie heißt der süße Kläffer eigentlich?“... für Billy bringen. Hechelnd legt Billy sich Franz zu Füßen und guckt unschuldig umher. Die anzüglichen Blicke mancher Gäste ignoriert er auf eine hundemäßige, souveräne Art. Franz fragt sich, ob er das Angebot, zum Essen mitzukommen, nicht besser ausschlagen hätte sollen. Zu viel subjektive Nähe verringert die kritische Distanz, die er für seine Arbeit braucht. Ihr Anblick entschädigt ihn jedoch für diese Zweifel.
„Werden Sie auch den Live-Mitschnitt am Abend im Rabenhof betreuen?“ Sie schaut nicht von der Tageskarte auf, während sie das fragt.

„So lauten meine Anweisungen“, sagt er und vertieft sich seinerseits in die Karte, auf der, wie er feststellt, neben allerhand verlockenden Speisen auch hausgemachte *Linguine mare e monte* angeboten werden. Eine Liaison von Berg und Meer, Pilzen und Scampi, die ihn vor Jahren in Triest in Entzücken und Staunen versetzt hat.
Sie hat sich entschieden, legt die Karte zur Seite und schaut auf. „Finden Sie denn gar keinen ...“ Sie zögert, sagt dann aber wie zum Trotz ... „*Spaß* an dem, was sie machen?“ Ein verlegenes Lächeln begleitet das.
„Spaß interessiert mich nicht. Ich weiß gar nicht, was das ist und, offen gesagt, will es auch gar nicht wissen. Ich habe den Verdacht, es handelt sich dabei um eine Art Geisteskrankheit, wie etwa Rinderwahn.“
Sie lacht auf, zeigt das Weiß ihrer Zähne, beinah makellos, gerahmt vom Rot der geschminkten Lippen. „Aber sie haben bereits mehrere Male gelacht!“ Sie bringt das wie einen Beweis für irgendetwas vor.
„Wo ich lache, liegt ein Problem verborgen“, zitiert er. „Sie können es mir ruhig glauben, ich bin ein totaler Spaßverderber. Wo immer ich Spaß wittere, schieße ich ihn ab und, wenn es sein muss, sogar mit Humor.“
„Das ist Beckmesserei“, sagt sie.
„Sicher nicht“, entgegnet er „vielmehr der Unterschied, der über Sein oder Nichtsein entscheidet.“
„Sie haben gesagt, dass Sie Physik und Astronomie studieren und nur für das Fernsehen arbeiten, um Geld zu verdienen.“
„Gibt es einen anderen Grund als Geld, um fürs Fernsehen zu arbeiten?“
„Information, Aufklärung, Unterhaltung, das sind doch legitime Motive“, kontert sie die rhetorische Gegenfrage von Franz.

„Aber ja", sagt er, amüsiert von so viel Naivität. „Nur leider Lügen."
„Ist das nicht zynisch?" fragt sie. „Sie leben von einer Arbeit, die Sie im Grunde verachten, und flüchten ins Paralleluniversum ihrer Wissenschaft, wenn Sie diesen Widerspruch nicht aushalten. Aber immerhin", schwächt sie ab, „haben Sie ziemlich sympathische Lachfalten um die Augen. Nicht schlecht für einen, der angeblich gar keinen Spaß versteht!"
„Das Problem ist ja nicht", sagt Franz, „dass ich ihn nicht verstehe, sondern gerade, dass ich ihn nur zu gut verstehe. All diese Komiker mit ihrem genormten Spaß, der ihnen aus den Schnauzen rinnt wie Scheiße. Ich will sie nicht verstehen, sondern einfach nur nicht hören und sehen! Man müsste überall spaßfreie Zonen einrichten." Sein Blick wird glasig, verändert die Brennweite ins Unendliche. Fast wie ein Epileptiker, denkt sie und fragt sich, was er sieht, wenn er nur so ins Nichts starrt. Er gibt dem nach, folgt diesem Impuls einen Augenblick lang ...
Da ist das Zimmer im Stuwerviertel, der graue Mann im grauen Anzug mit dem grauen, blutverschmierten Gesicht. Im Morgengrauen, das die wenigen Sterne über dem Stadthimmel verblassen lässt. Überall Blut, im Treppenhaus, an den Wänden, im Zimmer, an seinen Händen, und die Stücke der Leiche liegen verstreut, als hätte sie jemand weggeworfen, der in Eile war: Ballast. Franz würde gern irgendwo auf der Welt sein, nur nicht hier. Im Observatorium in den Palo Alto Hills vielleicht, um durch ein Spiegelteleskop den gigantischen Tanz der Materie zu beobachten, bis ihm schwindlig wird, wenn eine Ahnung davon aufkommt, wo er sich wirklich befindet.

„Hallo …“ Sie wiederholt es bereits zum dritten Mal und tippt ihn sacht mit der Spitze ihres Schuhs an, bis sich sein Blick wieder scharf stellt.

Der Chef persönlich kommt an den Tisch, nachsichtig und doch ein wenig sauer lächelnd, um die Bestellung aufzunehmen. Er zeigt sich einverstanden mit dem Gusto der beiden, legt ihnen aber noch nahe, ein Glas von dem Smaragd Riesling aus der Wachau zu probieren, den er kürzlich entdeckt hat. Ein Wein, so elegant und schön wie eine verliebte Frau! Man könne übrigens davon trinken soviel man wolle und bekomme doch nur einen Schwips davon.

Dann, indem er sich herabbeugt, sagt er mit dieser falschen Diskretion in der Stimme, die jene ausschließt, die es hören sollen: „Du kennst doch Silvia, meine Jugendfreundin aus den Grazer Tagen?“ Sie nickt nur, blickt tief und ohne zu blinzeln in die Augen von Franz, während sie hört, was Josef, der potenzielle Mörder ihres gemeinsamen Kinds, zu sagen hat. Völlig egal, sagt dieser Blick und verspricht in diesen Sekunden doch mehr als alle Heiratsschwindler dieser Welt. „Ich hab ihr zwei von den Freikarten gegeben, die du mir überlassen hast. Da drüben sitzt sie, wartet auf ihren Liebhaber, der wegen ihr seine Familie verlassen will, angeblich.“ Nun nickt Josefs Nase, zweifellos die Nase eines Feinschmeckers, in die andere Richtung.

Es müssen diese ominösen Teilchen sein, denkt die Kabarettistin, inspiriert von der Ausstrahlung ihres relativ jungen Physikers, diese Biester, die zur gleichen Zeit an zwei verschiedenen Orten sein können. Denn als sie dem Wink von Josefs Nase folgt, begegnet sie auf halber Strecke dem Blick Silvias: Sorge, Wut und eine nicht zu übersehende ängstliche Arroganz überlagern einander darin.

Silvia nippt bereits am dritten Sherry, als Bert endlich auftaucht. Mit einem Anflug von Desorientierung schaut er sich um, bis er sie entdeckt und umständlich auf sie zusteuert. Er stößt fast eine der riesigen Vasen um, die an den Wänden stehen, rempelt eine Frau an, entschuldigt sich salopp und nimmt geräuschvoll Platz. Er küsst Silvia, die instinktiv ausweichen will, satt auf den Mund. Sie sieht und riecht es sofort: Dieser Mann hat einen Rausch! Das hat ihr heute gerade noch gefehlt. Und im nächsten Moment denkt sie, entweder hat er getrunken, weil er es wieder einmal nicht geschafft hat, seiner Frau zu sagen, dass er sie verlässt, oder aber er hat zu viel erwischt, weil er es endlich hinter sich gebracht hat. Sie blickt vorwurfsvoll auf ihre Omega, um zu demonstrieren, dass es eigentlich keinen Grund geben kann, um diese Zeit – es ist zwei Uhr – mit einem Rausch hier aufzutauchen.

„Man hat mich vor die Tür gesetzt", sagt er und nimmt mit einer hektischen Bewegung einen Schluck von ihrem Sherry.

„Lass das", zischt Silvia, holt sich ihr Glas zurück und schaut sich entschuldigend um. Aber niemanden scheint es zu kümmern, dass ihr Gefährte betrunken ist. Man widmet sich dem Smalltalk und dem Essen. Dass einer nach einer Arbeitswoche im Zentrum der Krise schon einmal die Geduld verliert und ein paar Stunden zu früh zur Flasche greift, dafür liegt Verständnis in der Luft. „Es wundert mich nicht, dass sie dir nichts mehr zu trinken geben und dich rauswerfen, wenn du dich aufführst."

„Man hat mich entlassen", sagt Bert. „Per E-Mail." Er ist unruhig, kann nicht still sitzen und schaut sich fortwährend nach einer Bedienung um. Er hat diesen fatalen Durst, der immer größer wird, je mehr man trinkt.

Silvia senkt ihre Stimme. „Aber du warst doch ein Kandidat für eine Beförderung."
„Wer steht schon gern in der Schuld eines andern?" Bert fährt plötzlich hoch, stößt einen Arm in die Luft und zieht die Aufmerksamkeit eines Kellners auf sich. „Viertel Sauvignon!" Bis auf den Betroffenen sind alle geneigt, diese extrovertiert vorgetragene Bestellung zu ignorieren. Bert ordnet sich wieder der strengen Miene Silvias unter. „Die verdienten Mitarbeiter werden abgehängt und der junge Ersatz kriegt Verträge, die nicht einmal das Papier wert sind, auf dem sie stehen. In den oberen Etagen nennt man diese Schweinerei dann Firmenphilosophie." Er greift nach Silvias Hand. „Tut mir leid, mein Schatz, aber es sieht so aus, als könnte ich mir die Trennung von Rosa im Moment nicht leisten."
Die Nennung dieses Namens sorgt zwischen den beiden stets für Irritation. Silvia schaut sich konsterniert um und schnorrt bei Josef, der einen seiner Rundgänge macht, eine weitere Zigarette. Mit einem amüsiert besorgten Seitenblick auf Bert gibt er ihr Feuer. Noch größer ist diese Verunsicherung immer dann, wenn der Name Boris fällt. Dass ein Kind in Mitleidenschaft gezogen wird, trübt das Glück einer jeden, noch so tiefen Leidenschaft.
Silvia macht einen Zug, der sie momentan entspannt. „Bei mir war heute auch einiges los. Ein Asylwerber, ein politischer angeblich, der abgeschoben werden sollte, hat sich selbst in Brand gesteckt."
„Heilige Scheiße!"
„Etwas leiser, bitte", sagt sie mit Nachdruck, „du bist hier in keiner der Kneipen, wo du dich offenbar herumgetrieben hast. Ja, der Kerl überschüttet sich einfach mit irgendeinem brennbaren Zeug, zündet sich an und torkelt durch unsere

Gänge, bis sie ihn erwischen und im letzten Moment retten." Sie nagt kurz an ihrer Unterlippe, nimmt einen tiefen Zug von der Zigarette. Dass Bert zu viel getrunken hat, macht es ihr leichter, den Rückfall zu genießen. „Er hat Glück gehabt und ist mit schweren, aber nicht tödlichen Verbrennungen eingeliefert worden. Aber warum zündet er sich ausgerechnet auf dem Arbeitsamt an und nicht dort, wo man seinen Antrag abgelehnt hat?"

Bert hält es nicht für nötig, darauf zu antworten. Josef steht am Tisch, die personifizierte Diskretion, und erkundigt sich nach den Wünschen der beiden. Silvia entscheidet sich für das vegetarische Menü. Nachdem Bert nur ein weiteres Viertel Wein will, bestellt sie für ihn einen Tafelspitz. Eine Köstlichkeit, die dem Chef bereits eine positive Kritik im *Gault Millau* eingebracht hat.

„Du musst was essen", sagt sie, „und hör auf mit dem Trinken! Das löst keine Probleme."

Bert mag es, wenn sie so über ihn verfügt. Er lässt sich fallen, gibt sich einfach hin und taucht ein in einen Strom aus Geborgenheit, den er seit seiner Kindheit vermisst. Bei Rosa ist das immer nur umgekehrt. Da ist es ausschließlich seine Rolle, den Beschützer und Tröster zu spielen.

„Hör zu", sagt Silvia, „kein Grund zur Panik. Wir werden uns trotzdem irgendwo am Stadtrand ein Haus kaufen. Ich hab ... ich hab dir noch nie davon erzählt, aber ich verfüge über ein Konto, auf dem genug Geld für uns beide ist. So lange jedenfalls, bis du wieder eine entsprechende Arbeit findest." Sie fängt seinen Blick ein, der durch den Raum irrt, als wäre er hinter einer Mücke her. „Hörst du mir überhaupt zu?"

Bert kommt wieder zu sich, setzt ein interessiertes Gesicht auf. Hinter der Jovialität, die der Alkohol befeuert, lauert

eine seltsame Müdigkeit. Ein ungeheurer Überdruss, eine Enttäuschung, eine existentielle Kränkung, die sein Leben in ihm abgelagert hat. Vielleicht sollte er den Tisch umwerfen und alles kurz und klein schlagen. Hier, in dieser Schickimickibude, wo man einander mit der Rücksichtnahme von Reptilien begegnet. Vielleicht sollte er seiner Geliebten unter dem Tisch zwischen die Beine greifen, was sie doch im Auto so gern mag. Aber vielleicht sollte er einfach aufstehen, abhauen und sich irgendwo in der Stadt betrinken. Er sehnt sich nach einem warmen Sommerregen, der den Dreck dieses Lebens von seiner Haut spült, in ihn eindringt und sein Herz weiß wäscht. Er will sein reines Herz zurück! Das ist alles, was er jetzt noch will. Eine Träne rollt über seine linke Wange.
„Es wird schon wieder“, sagt Silvia, wischt die Träne mit der Serviette weg, bevor sie noch jemand bemerkt. Sie muss sich jetzt unbedingt Zigaretten kaufen. Wenn sie an die beiden Telefonate vom Vormittag denkt und an das bevorstehende Treffen, fällt es ihr schwer, den eigenen Worten zu glauben.

Die Atmosphäre im Raum verändert sich, als der Typ im blauen Leinenanzug das *Josefs* betritt. Als würde plötzlich eine Sonnenfinsternis im Bereich des Möglichen liegen. Die wenigen aber, die noch fertig rauchen, zahlen, austrinken oder sich der Nachspeise widmen, wissen genau, dass an diesem Himmel draußen nichts das Licht der Sonne trübt. Und dennoch nehmen sie, hinter neutralen Mienen, Maß an dem Mann, als würde er sich gerade persönlich zwischen Erde und Sonne schieben.
Josef erstarrt für einen Moment in seiner Geschmeidigkeit, obwohl er von Silvia an der Bar bei einem großen Grappa

auf dieses Treffen vorbereitet wurde. Er sieht ein Bild vor sich, ein Bild aus jungen Jahren: Silvia, er und dieser Mann, der die Sonnenbrille abnimmt und sich umsieht, während er auf die Theke zuhält. Sein entschlossenes Gesicht mit den auffallend blauen Augen, ein starker Kontrast zu seinem dunklen Haar, ist überhaupt nicht gebräunt. Er sieht aus, als hätte er die letzten Monate im hohen Norden verbracht, unbehelligt von der Sonne, die den Sommer hier zum heißesten seit vielen Jahren macht.
Josef erkennt ihn sofort wieder. Mehr an der Art, wie er sich bewegt, als am Gesicht, das viel reifer geworden ist. Das Bild von früher, auf dem sie alle drei zu sehen sind – zwei Männer, die mit einer jungen, attraktiven Frau flirten –, verblasst, als er sich nähert, so die Erinnerung Josefs durchbricht und einen Meter vor ihm und Silvia stehen bleibt. Die Stille, die sich bei seinem Erscheinen im Raum ausgebreitet hat, weicht wieder dem profanen Geklapper von Besteck und Geschirr und dem Geplauder der letzten Mittagsgäste.
„Da bin ich also", sagt er.
Statt der Freude über ein Wiedersehen nach so langer Zeit entsteht ein Moment der Verlegenheit, gefärbt von einer Schuld, die niemand außer den Dreien in ihrem vollen Ausmaß nachvollziehen kann. Wer eine harte Prüfung auf sich nimmt, auch wenn ihn niemand dazu drängt, nur eine innere Stimme, entwickelt ein sehr persönliches Rechtsempfinden. Dieser ganze Mann, denkt Josef, wirkt wie aus einem fremden Rahmen gefallen, Raum und Zeit einer anderen Dimension haften an ihm wie Ruß. Dass der da aber nicht unbedingt ein Glücksbringer ist, kann jeder sehen, der genau genug hinschaut.
Silvia kann sich nicht länger zurückhalten. Die ganze Spannung, die sich diesen Tag über aufgebaut hat, entlädt sich

nun in einer einzigen Handlung: Sie macht zwei rasche Schritte, ansatzlos, umarmt ihn, drückt ihn und flüstert mit erstickter Stimme: „Schön, dass du da bist." Und dann fällt ihr nichts anderes ein als das, was sie vor kurzem zu Bert gesagt hat. „Es wird schon wieder."

Seine Haltung wechselt von dieser kontrollierten Lässigkeit zu einer trotzigen Steifheit, die Silvias Vereinnahmung seiner Person entschieden zurückweist. Sie gleitet an ihm ab und macht einen Schritt zurück. Offenbar weigert sich der Mann, sich an das zu erinnern, was an der gemeinsamen Vergangenheit schön war.

Josef, geschult im Umgang mit schwierigen Gästen, nimmt sich der Sache an. „Wir sollten zuerst einmal etwas Anständiges trinken, bevor wir ein paar Dinge klären." Er klopft ihm auf die Schulter und wechselt auf die andere Seite der Theke, um eigenhändig ein paar Drinks zu mixen. Silvia ist damit beschäftigt, den Schock des Wiedersehens zu überwinden und eine pragmatische Haltung einzunehmen. Es hilft ja doch nichts! Er ist es. Und er ist da, um zu verlangen, was ihm zusteht. Es gibt eben Ansprüche, die niemals verjähren.

„Für mich ein kleines Bier aus der Flasche", sagt er, holt Zigaretten aus dem Sakko und raucht eine an.

Silvia nutzt die Gelegenheit, nähert sich ihm noch einmal, diesmal aber vorsichtig und mit der Bitte um eine Zigarette. Er hält ihr das offene Päckchen hin. Mit spitzen Fingern zieht sie eine heraus. Er wartet verdächtig lange, bevor er ihr Feuer gibt. Die Spitze ihrer Zigarette zittert ein wenig, als sie sich über die Flamme seines Feuerzeugs beugt.

Josef stellt drei Mojitos, eine kleine Flasche Bier und ein Glas hin. „Falls du es dir doch noch anders überlegst." Es klingt wie eine Anspielung auf irgendetwas.

Er überhört oder ignoriert das, lässt das Glas stehen, nimmt nur das Bier, macht einen Schluck, grinst und sagt: „Schön hast du es hier, Josef. Ich hab immer gewusst, du wirst es zu etwas bringen, vorausgesetzt, du lässt dich nicht zu sehr mit mir ein."
Josef lacht etwas gekünstelt auf, mit der Einsicht dessen, der weiß, dass der andere Recht hat mit dem, was er sagt, ja, dass er, Josef, das schon oft so oder so ähnlich zu sich selbst gesagt hat, früher. Nur, dass es in seinem Zusammenhang nie wie ein schlechter Witz geklungen hat, sondern wie eine schlimme Befürchtung. Dabei war es seine Idee – er war voller verrückter Ideen damals –, ganz allein seine Idee gewesen, die den anderen, Silvia wohl auch mehr oder weniger, zu nicht viel mehr als einem Handlanger degradiert hat. Zu einem aber, der das volle Risiko der grandiosen Idee zu spüren bekam. Und der nun, um einiges vor der Zeit, wieder auftaucht und eine Entschädigung dafür fordert, dass er für alle seinen Kopf hingehalten hat. Aber ich habe nichts mehr, denkt Josef, fast erleichtert und doch bestürzt, ohne sich etwas anmerken zu lassen. Fast nichts. Er hat alles in zwei Restaurants investiert und verloren, die bei weitem nicht so gut liefen wie das hier, das er über Kredite finanziert hat, deren Rückzahlung in einem direkten Zusammenhang mit seinem viel zu hohen Blutdruck steht. Das alles, denkt er, wäre aber gar kein so großes Problem, wenn Silvia und er es nur mit einem x-beliebigen Gauner und nicht mit einem veritablen Psychopathen zu tun hätten. Er kennt ihn gut genug, um zu wissen, dass diese Mischung aus asozialer Intelligenz, Kaltblütigkeit und dem Wunsch nach Rache immer irgendwie unberechenbar bleibt. Vielleicht aber, denkt Josef, während er zur Kenntnis nimmt, dass Silvia Fortschritte macht in ihrem

Bemühen, ihn für sich einzunehmen, erfordern radikale Probleme einfach nur radikale Lösungen.

Franz und die Künstlerin sind irgendwann gegangen, mit Billy an der Leine, dessen Bewegungen von Stunde zu Stunde sicherer werden. Sie sind gekommen wie zwei, die bloß auf ein Arbeitsessen gehen, und haben das *Josefs* dann fast als Paar verlassen.

Bert bleibt, wie mit Silvia vereinbart, auf seinem Platz sitzen. Armer Bert, Opfer irgendwelcher Intrigen und Maßnahmen, der mit dem Rücken zur Bar noch immer am Tisch sitzt und jetzt Kaffee und viel Wasser trinkt. Die drei sind von der Bar verschwunden, haben sich in Josefs Büro zurückgezogen, um etwas zu besprechen. Er soll, so ist es mit Silvia ausgemacht, Augen und Ohren offen halten und, falls es zum Äußersten käme, sofort Polizei und Rettung verständigen. Er weiß aber nicht, was das sein könnte, dieses *Äußerste*. Wieder ist da dieser stechende Schmerz in der Schläfe.

Während er wartet und spürt, wie ihm der Katzenjammer in Kopf und Körper fährt, denkt er an seine Frau und Boris, das über alles geliebte Söhnchen, das von Rosa bestimmt schon aus dem Kindergarten abgeholt wurde. Er hat keine Ahnung davon, was hier eigentlich vor sich geht und warum er den Aufpasser in diesem Spiel geben soll. Ein Spiel, das er nicht durchschaut. Später, hat Silvia gesagt, wird er alles erfahren. In einer besseren Welt würde er jetzt seinen Schreibtisch in der Chefetage aufräumen, zu seiner Familie nach Hause fahren und ein ruhiges, schönes Wochenende mit ihr verbringen. Er holt seinen Ehering hervor, den er immer ablegt, wenn er mit Silvia zusammen ist, steckt ihn an den Finger und dreht daran herum. Er nimmt

sein Handy aus der Tasche, öffnet alle Nachrichten von Rosa, die er unerwidert gelassen hat, und antwortet auf jede SMS mit denselben Worten: *Ich liebe Euch!*
Eine schwarze Kellnerin bewegt sich gravitätisch von Tisch zu Tisch und richtet alles für das Abendgeschäft her.

# 19.

**In den Weinbergen** am Stadtrand kommt am Nachmittag die Zeit fast zum Stillstand: Als würde die Natur schlafen. Der Horizont ringsum scheint in der Luft zu schwimmen. Alles geschieht eine Spur langsamer, als es das Auge erwartet. Wie eine geometrische Schrift, von Jets in die Luft geschrieben, kreuzen Kondensstreifen den blitzblauen Himmel. Sogar die Düsenjäger bewegen sich auf einen imaginären Nullpunkt zu.

Im Haus ist es angenehm kühl. Die Jalousien sind unten. Nur die vor den Fenstern des Schlafzimmers hat sie so eingestellt, dass schmale Streifen Licht hereinfallen. Franz liegt einfach nur da, auf dem Rücken, an ihrer Seite. Sie hat ihren Kopf, Arm und Bein auf ihm platziert. Ihre Haare bedecken seinen Bauch. Ihr Atem strömt sanft über seine Brust. Am Höhepunkt ihrer Vereinigung setzte die Zeit aus. Dann ist sie einfach eingeschlafen. Was er gespürt hat und von ihr sieht, gefällt ihm außergewöhnlich gut, das muss er sich eingestehen. Noch nie war dabei so viel Hingabe im Spiel. Ein großzügiges Geben und Nehmen, kontrolliert von einer verborgenen Instanz, wie in einem Traum. Keine falsche Scham, aber ein Vertrauen, das sich auf alles erstreckte, was sie machte und wollte. Er wundert sich, dass er sich hier, neben dieser Frau, wiederfindet. Frauen, die älter sind als er, hat er in dieser Hinsicht noch nie in Betracht gezogen, und sie ist bestimmt zehn Jahre älter. Ihre friedliche Schönheit rührt ihn. Wie sie daliegt und schläft. Der Ansatz ihrer Brust, den er nachdenklich betrachtet, die unvergleichliche Rundung, die sich in einem

Schwung, der ihn an Umlaufbahnen erinnert, von ihrer Hüfte bis zu ihrem Schenkel hinzieht, und ihre Beine, lang, schlank und kräftig. Die Beine einer Läuferin.

Noch ahnt er nichts von ihren Ängsten, weiß nicht, dass sie überredet wurde, ein Kind abzutreiben, das sie, wenn sie ehrlich mit sich ist, so oder so gern bekommen hätte. Er weiß nichts von ihrer latenten Befürchtung, bei einem ihrer Auftritte könnte ein verheerendes Feuer ausbrechen, davon, dass sie ein Faible für Männer hat, die noch um einiges jünger sind als er, ein Verlangen, gegen das bisher kein therapeutisches Kraut gewachsen war, und er weiß vor allem nicht, dass diese anscheinend so selbstbewusste Frau fast das Bewusstsein verliert, wenn sie daran denkt, auf eine ihrer zahlreichen Pointen könnte nichts als Schweigen folgen. Ein Echo auf ihre Zweifel tief drin, wovon die schöne Oberfläche an vielen Tagen so gut wie nichts zeigt.

Das alles ahnt er nicht, während er sie beobachtet.

Kurz nur schiebt sich das Bild seiner Freundin dazwischen, verschwindet aber gleich wieder. Auch das wundert ihn: dass er überhaupt nicht das Gefühl hat, sie zu hintergehen. Was er mit dieser Frau erlebt hat, erzeugt keine Schuld, so wie damals, als er im Rausch mit einer der Freundinnen seiner Freundin etwas – er weiß schon gar nicht mehr, was – gehabt hat. Das hier war reif, klar und intensiv. Wenn er daran denkt, regt sich sein Glied unter ihrem Schenkel. Und als würde sie das im Schlaf spüren, beginnt sie darauf zu reagieren.

# 20.

**Er ist wieder** allein.
Ganz bei sich und seinen Gedanken schlendert er durch den ersten Bezirk. Immer noch genießt er das Gefühl der Freiheit, die Schritte lenken zu können, wohin er will. Keine Mauern, verriegelten Stahltüren und elektrisch geladenen Begrenzungen, die einen fortwährend daran erinnern, dass man nicht viel mehr als ein Vieh ist. Auf einer Weide aus Beton, umstellt von Wachtposten mit dem Finger am Abzug. In den Straßen Wiens locken dreihundertsechzig Grad Freiheit, wenn er sich um die eigene Achse dreht und überlegt, wie er die Zeit überbrücken soll.
Hin und wieder vergewissert er sich der Pistole, die am Rücken unter seinem Sakko im Hosenbund steckt. Eigentlich sind ihm Waffen egal. Er war nie ein Waffennarr. Aber ein ausgezeichneter Schütze, das schon. Im Gefängnis hat er es vorgezogen zu schweigen, wenn andere ins Schwärmen gerieten. Eine Waffe in der Hand zu halten, ist für ihn, als würde sein Wille in eine überzeugende Form gepresst. Alles konzentriert sich in der Geschwindigkeit und Härte einer Kugel, die ja oder nein sagen kann: Ja, du lebst. Oder nein, du nicht. Jede Kugel kommt im Grunde aus dem Stammhirn des Schützen. Und jede, auch die tödliche, ist ein Symbol. Sich bewaffnet inmitten unbewaffneter Passanten zu bewegen, gibt einem ... nein, kein Gefühl der Sicherheit, vielmehr eine Art von Geistesgegenwart, die mit dem Schlimmsten rechnet. Der Kick besteht in der Befürchtung, jemand, der nicht ahnt, in welche Gefahr er sich begibt, könnte sich mit einem anlegen. Dann ist man förmlich gezwungen, sich durch

den Gebrauch der Waffe sein Recht zu verschaffen. Waffen potenzieren die Angst in der Welt, denkt er. Und er denkt, er sollte das nicht denken, weil es sein Vorhaben untergräbt.
Ohne es zu bemerken, hat er eine Richtung eingeschlagen. Er ist unterwegs zum Schwedenplatz, wo er nur über die Brücke des Kanals gehen muss, um in den zweiten Bezirk zu gelangen. Dort kennt er sich einigermaßen aus. Obwohl die auf allem lastende Hitze des Nachmittags seinen Durst befeuert, wird er irgendwo etwas essen müssen.
Das Gespräch mit Silvia und Josef war anstrengend. Natürlich wollten sie seine Beweise prüfen, Josef vor allem. Da hat er ihnen die Kassette vorgespielt, einen Teil davon. Und hat lächelnd registriert, wie Silvia blass wurde. Er hat sich zwar nichts anmerken lassen, aber nun verspürt er eine gewisse Müdigkeit. Anders als die Erschöpfung nach einem harten Training, das Schlacken verbrennt, zerrt dieses Wiedersehen an seinen Nerven. Plan und Wirklichkeit sind doch zwei ganz verschiedene Dinge. Silvia, in die er verliebt war, gefällt ihm immer noch, irgendwie. Sicher ist jetzt jedenfalls, dass sie nie richtig zusammengepasst haben. Nach all den Jahren löst das Erleichterung *und* Bedauern in ihm aus, wobei die Erleichterung eindeutig überwiegt. Josef, oder Sepp, wie er auch genannt wurde, der Kopf der Dreierbande – kein Mitläufer wie Silvia und auch kein Mann der Tat wie er –, dieser etwas zu geschmeidige Kerl, kocht offenbar noch immer alle Welt ein, wie es ihm passt. Und er macht es echt gut, das muss er ihm lassen. Vor Josef muss er sich in Acht nehmen, das hat er gespürt, wenn auch Silvia die zweifellos größere Nervensäge ist. Immerhin kennt er das zweite Gesicht dieses Mannes.
Die Taborstraße hat sich fast nicht verändert. Das *Hotel Mercure* wurde renoviert, fällt ihm auf. Die Würstelbude an

der Haltestelle der Straßenbahn ist einem Dönerstand gewichen. Immer noch gibt es da und dort diese kleinen Geschäfte mit den skurrilen Auslagen.
In diese Gegend ist er geflüchtet, wenn ihm in Graz das Pflaster zu heiß wurde. Wenn ein Haftbefehl gegen ihn erlassen wurde. Er wollte aber gar nicht für immer entkommen, einfach nur einen Aufschub, bevor sie ihn wieder einmal schnappen. Vor allem jedoch wollte er es der Mutter ersparen, in ihrer Wohnung gestellt, verhaftet und mit viel Getöse, Blaulicht und in Handschellen abgeführt zu werden. Ein Mal ist er damals mit Josef für ein paar Tage und Nächte in diesem Viertel untergetaucht. Er hat diesem Schnösel gezeigt, wie das Nachtleben in einer Großstadt aussieht. Wenn er sich richtig erinnert, haben sie damals zum ersten Mal über Josefs Idee gesprochen. Josef hat seine kriminelle Karriere nur belächelt. Zu Recht, wie er jetzt denkt. Aber Josef hat ihm in Aussicht gestellt, dass sie, ohne viel zu riskieren, auf einen Schlag einen Haufen Geld machen können.
Dieses Wiedersehen beschäftigt ihn mehr, als ihm lieb ist. Er fürchtet, die Kontrolle über seine Gefühle und Gedanken zu verlieren. Im Grunde hätte er alles abwickeln können, ohne persönlich hier aufzutauchen. Die Versuchung, den beiden ins Gesicht zu sehen, wenn er ihnen die Beweise präsentiert, war aber doch zu groß. Viel hätte nicht gefehlt, und Josef wäre im Büro über ihn hergefallen. Zu seinem eigenen Glück wurde ihm rechtzeitig bewusst, dass aus seinem Handlanger von damals ein ziemlich unberechenbarer Gewalttäter geworden war.
Es muss der Hunger sein, den er gar nicht mehr richtig empfindet, der ihn schwach, grüblerisch und sentimental macht. Das Programm läuft ohnehin fast nach Plan ab. Mit Updates

ist immer zu rechnen. Er überlegt, wo er etwas futtern soll. Dieser verrückte Koch hat ihm doch glatt den Vorschlag gemacht, in seinem Restaurant zu essen. Hat sich sogar angeboten, selbst für ihn zu kochen. Er hat einen Scherz gemacht und gesagt, er stehe überhaupt nicht auf diesen Designerfraß. Und schon gar nicht, wenn die Gefahr bestehe, dass der Koch Salz mit Digitalis verwechselt.

## 21.

**Bert ist mittlerweile** beinahe wieder nüchtern. Der Kaffee und viel Wasser haben ihn einigermaßen klar im Kopf werden lassen. Bis auf das Stechen in der Schläfe, an das er sich schon fast gewöhnt. Silvia kramt Tabletten aus ihrer Tasche. Er spült eine mit Mineralwasser hinunter und fühlt sich augenblicklich besser. Nur diese Erschöpfung, die bleibt. Eine Art Müdigkeit, die vieles in Frage stellt, was vor kurzem noch ganz selbstverständlich schien.

Silvia wirkt auf einmal anders. Seit dem Gespräch mit Josef und diesem Typen im Büro des Restaurants hat sie sich verändert, kommt ihm vor. Ihre Stimme, ihre Bewegungen, der Ausdruck ihres Gesichts. Nichts ist mehr genau so, wie er es kennt und mag. Er wagt es kaum, sie direkt anzusehen. Er fürchtet, er könnte entdecken, dass er sie gar nicht mehr so sehr liebt, wie er es ihr noch vor zwölf Stunden ins Ohr geflüstert hat. In ihrer Wohnung, in ihrem Bett, in ihren Armen.

Kann es sein, dass sein Leben an einem Tag vollkommen aus den Fugen gerät? Zuerst zerstört er, was an seinem Familienleben noch intakt war, dann verliert er die Arbeit. Was kommt als Nächstes? Wartet bereits irgendwo in der Stadt ein Auto darauf, ihn umzufahren? Ein ahnungsloser Lenker, Durchschnittsbürger wie er, dessen Leben mit seinem kollidieren wird, ohne dass beide etwas dafürkönnen. Gibt es ein Schicksal, dem man nicht entkommt, was man auch tut? Schon hört er das Quietschen von Bremsen, spürt einen mächtigen Stoß und sieht sich durch die Luft fliegen. Eine Lache Blut breitet sich auf der Straße aus.

Plötzlich begreift er, dass er sterben muss.
„Komm, wir gehen!“ Silvia erhebt sich rasch. Ihr Blick duldet keinen Widerspruch.
„Wohin denn?“
Eindeutig die Frage eines Verlierers, der soeben in die metaphysische Obdachlosigkeit abgestürzt ist.
„Nach Hause natürlich. Zu mir. Wir müssen ein paar Dinge klären. Und wir sollten uns ein wenig ausruhen, wenn wir später noch ins Kabarett wollen.“
Bert steht schweigend auf, folgt ihr hinaus. Er wankt nicht mehr, wie bei seiner Ankunft im *Josefs*. Aber es ist, als hätte in ihm etwas zu schwanken begonnen. Eine ganze Welt. Auf die er sich bis jetzt immer verlassen hat, als sei sie stabil, fest und wirklich, während sie sich doch im Bruchteil jeden Augenblicks verändert.
„Ich hoffe sehr, dass wir wenigstens heute am Abend bei dieser Kabarettistin etwas zu lachen haben“, sagt Silvia über die Schulter zu ihm zurück.
In Berts Kopf klingt das, als würde es aus lauter falschen Noten bestehen. *Was* sie sagt, versteht er gar nicht. Zum ersten Mal, seit er sie kennt, fällt ihm auf, dass ihr Hintern im Gegensatz zu dem seiner Frau keineswegs makellos ist.

Im gleißenden Licht dieses Nachmittags, während er Silvia durch die heißen Straßen der Stadt bis in ihre Wohnung folgt, stellt er in Frage, was er seit langem nicht mehr angezweifelt hat. Seine Werte. Seine selbstgefälligen Entscheidungen. Sein ganzes, durch und durch mittelmäßiges, verfahrenes Leben. Seine Hand, die in der Tasche das Handy umklammert, ist feucht. Kein Blut, nur der klägliche Schweiß des Verlierers. Zu verlieren ist hart. Am schlimmsten aber ist es zu verlieren, ohne viel riskiert zu haben. Man fällt

von der Parkbank und verletzt sich das Becken oder stolpert über einen Stein und bricht sich den Hals. Endet schließlich mit all seinen falschen Hoffnungen und guten Vorsätzen in der absoluten Lächerlichkeit.
Nachdem seine Frau immer wieder versucht ihn anzurufen, hat er das Handy ausgeschaltet. Noch weiß er kaum, was er ihr sagen soll, und in der Nähe Silvias schon überhaupt nicht.
Im kühlen Halbdunkel der alten Wohnung mit den dicken Mauern und hohen Räumen ziehen sie sich aus, bis auf die Unterwäsche, und legen sich auf Silvias großes Bett. Er wundert sich darüber, dass das Bett gemacht ist, obwohl sie es in der Nacht derart zerwühlt haben. Fast kränkt es ihn, dass die Spuren ihrer Leidenschaft so leicht zum Verschwinden zu bringen sind. Ein paar flinke Handgriffe, und alles ist, wie es war: Der Nächste bitte! Er schüttelt den Kopf, ungläubig, und lächelt zum ersten Mal an diesem Tag. Silvia ist eine Frau mit Prinzipien, was er überaus sexy findet, und sie macht ihr Bett immer, bevor sie ins Arbeitsamt fährt, ganz egal, was sie in diesem Bett alles gemacht haben.
Sie seufzt, schaut ihn von der Seite an. „Hast du es ihr endlich gesagt?"
Diese Frage musste ja irgendwann kommen. Manchmal hat er geglaubt, das zu hören, obwohl sie gar nichts oder etwas anderes gesagt hat.
„Ich ... Ich hab ihr schon zu verstehen gegeben, dass es so nicht weitergeht." Im Moment des Aussprechens schon weiß er, wie jämmerlich das klingt.
„Das ist alles?" In dieser Frage mischen sich Erstaunen, Unglauben und Enttäuschung. „Du hast mir aber versprochen, dass du es diesmal nicht länger aufschiebst!"

Sie wird laut. Er kennt die Dramaturgie dieses Dialogs. Zuerst wird sie schrill, dann anklagend, und am Ende ein wenig rührselig, bevor sie ihn vielleicht verführt und damit wieder zur Vernunft bringt. Erst wenn er ihr im Flüsterton der Ekstase mehrere Male versichert, dass er Rosa verlassen und in Zukunft mit ihr, Silvia, leben wird, kriegt er, was er noch nie irgendwo anders bekommen hat. Um in den Genuss dieser Erfüllung zu gelangen, verspricht er ihr, was sie will, wissend, dass das nicht so einfach ist, wie sie es sich vorstellt. Seine Frau hätte er längst schon verlassen, diese fremde Person jedenfalls, die sie im Lauf der Jahre geworden ist. Es ist aber nicht Rosa, die er vor sich sieht, wenn er diese Szene in Gedanken durchspielt, sondern immer wieder sein kleiner Sohn. Es sind die Augen von Boris, die ihn dabei ansehen und nicht verstehen.

Doch Silvia wird nicht laut. Dieses Mal nicht. Er dreht den Kopf zu ihr und sieht sie an, verwundert über die Stille, die nun im Zimmer herrscht. Er bemerkt die Erschöpfung in ihrem Blick. Da ist eine negative Kraft, die die Linien in ihrem Gesicht zu Furchen vertieft und die Konturen verwischt. Sie starrt gebannt ins Zwielicht, als könnte sie dort, im Bereich der niedrigen Auflösung, die Lösung für ihre Probleme finden. Wenn sie schweigen, mischt sich, wie von ganz weit her, das Rauschen der Stadt in den Hintergrund des Raums. Die Zeit hält fast den Atem an.
„Das ist nicht fair", sagt sie irgendwann in die kontaminierte Stille hinein.
So wie sie das ausspricht, ist es an niemanden gerichtet, denkt Bert, vielleicht an die Umstände dieses Tages, von dem sie sich einiges erhofft hat. Wenn er jetzt redet, sagt er bestimmt etwas Falsches. Also schweigt er weiter, legt nur einen

Arm um sie und zieht sie zu sich heran. Sobald er sie spürt, weiß er wieder, was er wollte, als er am Morgen die Augen öffnete. Dieser zarte Geruch nach Vanille: Ihr Schweiß, vermischt mit dem französischen Parfum, das er ihr zum Geburtstag geschenkt hat. Sie legt eine Hand zwischen seine Beine, lässt sie dort einfach liegen. Ein sanfter, gleichbleibender Druck, der nach einer Weile eine bestimmte Erwartung in ihm auslöst.
„Weißt du", sagt sie, „dass du es noch nicht geschafft hast, klare Verhältnisse zu schaffen, macht mir echt Sorgen. Ich habe Angst, am Ende allein dazustehen. Du hast immer noch Rosa, die dir vielleicht sogar verzeiht, wenn du ihr alles sagst und deine Affäre bereust. Und wenn auch nur, damit ich, die böse, unbekannte Frau, dich nicht bekomme! Denn das wird es dann nämlich gewesen sein, nichts als eine *Affäre*."
Bert lächelt, versucht an nichts zu denken, legt eine Hand auf die ihm zugewandte Brust und streicht mit seinem Zeigefinger langsam den Rand zwischen BH und Haut entlang.
„An so einem Tag möchte ich mich am liebsten verkriechen und warten, bis alles vorüber ist", fährt sie fort, während sie den Druck ihrer Hand auf sein Geschlecht verstärkt. „Schon in der Früh, wie ich die ersten Kunden gesehen hab, diesen Frust, diese Aggressionen, da hab ich geahnt, dass heute nicht nur alles Wonne und Sonnenschein sein wird. Dann dieser Irre, der sich einfach anzündet wie ein Streichholz! Unglaublich, nicht wahr?"
„Ja", sagt Bert nur, der inzwischen einen Steifen bekommen hat. Er schließt die Augen, um Silvias Hand besser genießen zu können.
„Und was ich dir bereits gesagt hätte, wenn du nicht so betrunken ins *Josefs* gekommen wärst, mit diesem Geld auf meinem Konto, von dem ich dir schon einmal erzählt habe, da gibt's im Moment ein Problem ..."

Bert stöhnt und kommt ihr entgegen, als sie in seine Unterhose greift und ihn auspackt. Wenn er getrunken hat und der erste Anflug eines Katers vorüber ist, ist er besonders leicht zu erregen. Sie könnte seinen Puls messen, so pocht er in ihrer Hand mit den lackierten Nägeln. Sie massiert ihn in Zeitlupe, zieht seine Haut zurück, bis sie spannt, drückt zu, bis seine Spitze anschwillt, und gleitet dann wieder sanft seinen Schaft entlang. Er hat seine Hand unter ihren BH geschoben und streichelt ihre Brust.

„Dieser Typ, der heute Nachmittag gekommen ist, um mit Josef und mir zu reden ... Du erinnerst dich doch? Groß, athletisch, mit diesem stechenden, spöttischen, blauen Blick ..."

Mit noch immer geschlossenen Augen spürt Bert, wie sich ihr Mund über seiner Eichel schließt, dann dieser Unterdruck, der ihn unwillkürlich ein paar Mal zucken lässt, bevor sie ihn mit einem Schmatzen freigibt und sagt ...

„Egal, ein Bekannter von früher, aus unseren wilden Tagen in Graz, der sich einbildet, auch ein Recht auf dieses Geld zu haben, das ich mir auf die Seite gelegt habe."

Mehr als ein verständnisvolles Grunzen bringt Bert nicht zustande.

„Aber ich werde ein Haus von diesem Geld kaufen!" Sagt es und forciert zugleich den Rhythmus ihrer Hand. „Für uns beide, sobald du dich von dieser Frau befreit hast, die du ohnehin schon längst nicht mehr magst."

Er wölbt sich unter ihrer Hand – eine Brücke, die sich über einen Abgrund spannt.

„Josef wird das schon regeln", sagt sie. „Der kennt ihn gut und weiß, wie man mit ihm umspringt ..."

Bert entlädt seine gesammelte Lust auf die Sterne im Himmel seines Kopfes. Als er wieder zu sich kommt, macht er sich dankbar über die gespreizten Schenkel Silvias her.

## 22.

**Franz** lehnt ihren Vorschlag ab, mit einem Taxi in die Stadt hinunterzufahren. Er will durch die Weingärten bergabgehen, bis er irgendwo auf eine der Straßenbahnen trifft, die bis in die Vorstadt herausfahren. Auch Billy braucht einen Auslauf, nachdem er bei einem Napf Wasser geduldig gewartet hat, bis Franz aus dem Schlafzimmer der fremden Frau gekommen ist. Er ruft seine Kamerafrau an. Sie weiß nicht, wo sie das Mädchen, das von der Brücke gestürzt ist, hingebracht haben. Er versucht, die Chefin zu erreichen, was nicht einfach ist, weil sie sehr viel telefoniert. Telefonieren scheint sie wesentlich mehr zu befriedigen als der direkte Umgang mit Menschen, bei dem sie sich stets ausgesucht spröde und schnippisch gibt. Beim vierten Mal erreicht er sie.

„Wozu wollen Sie das wissen?" Sie antwortet oft mit einer Gegenfrage.

„Ich hab etwas für Sie", sagt Franz.

„Was denn?"

Etwas hält ihn zurück, dieser Frau zu sagen, worum es sich handelt. Als könnte sie seine Absicht beschmutzen, seine Erinnerung und seine Hoffnung. „Das möchte ich lieber nicht sagen."

„Dann will ich auch nicht sagen, wo sie ist", kontert die Chefin.

Franz hockt sich ans Ende einer Weinzeile, streicht Billy über den Rücken und überlegt eine Weile.

„Hallo, sind Sie noch da?" Ihre Neugier ist größer als ihr Stolz, sonst hätte sie bestimmt schon aufgelegt. Sie hasst

es, wenn man sie warten lässt. Das darf ausschließlich ihr Druckmittel sein, mit dem sie andere zermürbt.
„Ich kündige, wenn Sie's mir nicht sagen."
Sie lacht auf. „Wie wollen Sie denn Ihr Studium finanzieren, ohne Job und Geld?"
„Ich finde schon was."
Stille. Nur der Raum in seinem Kopf, den die Wellen durchmessen, ohne etwas zu übermitteln, außer sich selbst. Um ihn das Summen von Bienen. Nun lässt sie ihn warten.
„Also gut", sagt sie endlich. „Die Rettung hat sie in die Rudolfstiftung gebracht." Und fügt hastig hinzu: „Wenn Sie mir öfter mit der Kündigung drohen, kann ich Sie der Kulturabteilung nicht länger empfehlen."
„Woher", fragt Franz, „haben Sie eigentlich so schnell gewusst, dass das Mädchen auf der Brücke ist?"
„Sehen Sie", sagt die Chefin, nun nicht ohne Triumph in der Stimme, „das ist eben mein Job, und Sie werden dafür bezahlt, über das zu berichten, was ich Ihnen auftrage. Wenn Sie sich schon die Mühe machen, könnten wir doch gleich zwanzig Sekunden darüber bringen. Wir sollten den Konsumenten hin und wieder auch ein Wunder verkaufen und nicht nur Katastrophen!"
Franz drückt das Gespräch einfach ab. Vielleicht geht er diesmal zu weit, und er muss sich wirklich bald nach einer anderen Beschäftigung umschauen. Was soll's, denkt er, lange hält er diesen Scheißjob ohnehin nicht mehr aus. Zu wenig Schlaf, zu viele Lügen, zu wenig Geld. Er streckt sich im Gras auf dem Rücken aus und späht in den Himmel. Hier, an diesem abgelegenen, friedvollen Ort, wird sogar das Schwere ganz leicht. Ein Tropfen Blut quillt aus seiner Nase und rinnt, in einem Bogen, langsam in seinen linken Mundwinkel. Er spürt einen Kitzel und leckt mit der Zunge danach.

Hunde dürfen nicht hinein.
Billy hat er beim beschrankten Eingang zum Areal des Krankenhauses dem Portier überlassen. Einem alten, bärtigen Hinkebein, das sich sofort mit dem Kleinen angefreundet und gemeint hat, er brauche ihn erst gar nicht mehr abholen kommen. In seinen ausgetretenen Stiefeletten schlurft Franz durch die Anlage, von Wegweiser zu Wegweiser, wie es ihm der Alte beschrieben hat.
In der letzten Zeit zerrt die Stadt an seinen Nerven. Nachdem er die Idylle der Weinberge verlassen hatte, musste er drei Mal das Verkehrsmittel wechseln und noch ein Stück zu Fuß gehen, um hierher zu gelangen. Die Ferien dauern zwar noch drei Wochen, an einem Freitagnachmittag ist aber immer viel los. Manchmal überlegt er, an die Peripherie oder überhaupt aufs Land zu ziehen und zu pendeln. Aber bei seiner Arbeit, die ihm abverlangt, rund um die Uhr erreichbar zu sein, ist das nicht gut möglich. Sein Handy hat er nach dem Disput mit der Chefin abgeschaltet. Ein weiterer Kündigungsgrund, der ihm mittlerweile auch egal ist.

Abteilung für Unfallchirurgie. Ambulanz. In diesem rotweißen Backsteinbau muss sie irgendwo liegen, wenn seine Informationen stimmen. Eine Frau am Infoschalter bestätigt das, betont aber, dass er nur in ihre Nähe dürfe, wenn er ein Verwandter der Patientin sei und dies auch belegen könne. Beweisen könne er nichts, sagt Franz, etwas verunsichert, um sich gleich darauf einer plötzlichen Eingebung zu überlassen: „Ich bin ihr Freund." Nach einem skeptischen Blick auf seinen Ausweis und einen vorwurfsvollen auf ihn winkt sie ihn mit einem Lächeln durch. „Letzter Stock, Zimmer vier, Intensivstation!" Das ruft sie ihm noch nach.

Auf seinem Weg dorthin erinnert sich Franz an das Jahr, das er als Zivildiener und Sanitäter beim Roten Kreuz verbracht hat. Eine lehrreiche Zeit, in jeder Hinsicht, Krankenhäuser allerdings meidet er seit damals, so gut es geht. Diese Verdichtung menschlichen Leids und ärztlicher Ratlosigkeit an einem Ort stimmt ihn depressiv. Warum aber ist er hier? Das fragt er sich, während er in seine Umhängtasche greift und das Ding befühlt, das er auf der Brücke gefunden und eingesteckt hat, nachdem alle weg waren. Er ist doch nicht nur hier, um etwas zurückzugeben, das nicht ihm gehört. Aber warum dann? Er steht vor Zimmer 4 der Intensivstation und zögert einzutreten. Wegen dieses Bildes vielleicht, das sich unauslöschlich in sein Gedächtnis gebrannt hat: Dieses Mädchen, wie es vor der unwirklich wirkenden Kulisse des Mondes Fuß vor Fuß setzt, vollkommen nackt, bis auf dieses Kettchen mit dem kleinen Anhänger, den Franz nun betastet, und es mit geschlossenen Augen unendlich langsam den Träger der Brücke erklimmt, eine Melodie auf den Lippen, die ihn schließlich zwingt einzustimmen, während er immer näher an sie heranrückt ... Deshalb, ja. Etwas Schöneres hat er nie gesehen. Dass dieser Augenblick der Schönheit fast mit einem Leben bezahlt werden musste, ist eine Zumutung, denkt Franz. Diese überirdische Schönheit, die nichts mit dem zu tun hat, was als Schönheit verkauft wird, kommt in der Welt nicht ungestraft davon. Polizei, Rettung, Eltern, die Chefin, seine Kamerafrau und – nicht zu vergessen – auch er selbst waren ihr auf den Fersen und brachten sie schließlich zu Fall.
Er drückt die Klinke und betritt den Raum.

Sie scheint zu schlafen. Inmitten all des technischen Geräts wirkt sie wie eine Astronautin, die ins All fliegt. Zum

Mond vielleicht, den sie nicht erreichen konnte, indem sie auf die Brücke stieg, denkt Franz. Ihr linker Arm und das rechte Bein sind in Gips, von ihrem Kopf sieht er nur das Gesicht, alles andere ist dick bandagiert. Ihr langes, blondes Haar fällt ihm ein, das über ihren Rücken fiel, ohne das sie jetzt androgyn wirkt, wie ein Wesen aus einer anderen Raumzeit. Die großen geschlossenen Augen unter fast durchsichtigen Lidern, auf denen sich Äderchen abzeichnen, ein System von Flüssen auf einer imaginären Landkarte, umschattet von Blutergüssen. Die kleine Nase über den vollen Lippen, die leicht geöffnet sind. Die schmale Brust unter dem weißen, nach Waschmittel riechenden Laken, die sich regelmäßig hebt und senkt. Ein Schlauch führt in ihre Nase, ein anderer in ihren unverletzten Arm. Über ihrem Kopf ticken die Geräte und leuchten die oszillierenden Kurven, die ihr Leben derzeit überwachen.
Er zieht einen Stuhl heran und setzt sich. Die Kabarettistin fällt ihm ein, in deren Bett er gelandet ist. Ist er mit ihr gegangen oder hat sie ihn abgeschleppt? Schwer zu sagen. Kometen landen eben, wo sie landen, falls sie nicht schon in der Atmosphäre verglühen. Die Gravitation war zu stark, als dass sie einfach so wieder auseinandergehen hätten können. Die Quantentheorie der Gravitation, das Problem der Probleme. Sollte es eines Tages gelöst werden, wäre der Blick auf das Universum ein anderer, ein neuer, ein tieferer, wie schon ein paar Mal in der Geschichte. Eine weitere Kränkung menschlichen Selbstverständnisses. Er bereut es nicht, mit ihr gegangen zu sein. Immerhin hat sie die Wahrnehmung seines Körpers verändert und den Horizont seiner Erfahrungen erweitert. Der Sinn mancher Dinge liegt ganz einfach in ihnen selbst, denkt er, und wenn du dich auf die Suche begibst,

wirst du nichts finden als die Verzweiflung darüber, dass du nichts findest.
Hat sie sich bewegt? Die Finger ihrer rechten Hand, als wollte sie etwas. Er steht auf, beugt sich über sie. Sie hat die Augen halb geöffnet und versucht ein Lächeln, was ihr offensichtlich Schmerzen bereitet. Sie flüstert etwas.
„Wer sind Sie?"
Mehr liest er es von ihren Lippen, als dass er es hört. Was bringt es, einen Namen zu nennen? Er beginnt zu summen, singt leise ihre Melodie, in die er eingestimmt hat, als sie bereits in seiner Reichweite war und er sie vielleicht vor dem Sturz hätte bewahren können, wenn nicht ... Ja, wenn nicht, wie so oft, alles anders gekommen wäre. Sie stimmt ein, brüchig und zaghaft, und sie bringen den Refrain gemeinsam zu Ende.
„Sie waren da", flüstert sie.
„Ich war da", sagt er. „Und ich bin da." Er stoppt mit dem Zeigefinger die Träne, die über ihre Wange rollt.
„Das ist gut", sagt sie. „Sehr gut."
Franz nimmt das Kettchen mit dem Anhänger, ein Schutzengel in Email und Silber, legt es ihr auf die Brust und dann ihre rechte Hand daneben. Sie konzentriert sich, nimmt es in die Hand und hebt es an, bis der Engel vor ihrem Gesicht baumelt.
„Das haben Sie verloren."
„Danke."
„Ich komme wieder. Alles Gute", sagt er und beugt sich von Neuem über sie, um ihre feuchte Wange zu küssen. Als er geht, gibt ihm eine Schwester, die gerade herein will, die Tür in die Hand. Er leckt sich das Salz der Tränen von den Lippen. Es schmeckt nach Trotz und Verzweiflung, nach Liebe und Leben.

# 23.

**So sehr Rosa** auch versucht, sich mit Arbeiten aller Art im Haushalt abzulenken, so wild tickt die Unruhe in ihr, die Berts Verhalten ausgelöst hat. Es lässt sie nicht los. Sie bügelt einen Berg Wäsche, putzt Bad und Klo und saugt alle Böden und Teppiche in der Wohnung. Das Geräusch des Staubsaugers übertönt für eine Weile die Selbstgespräche, in denen sie Bert zur Rede stellt. Immer wieder schaut sie zwischendurch nach Boris, der in seinem Zimmer die Autobahn testet, die sie ihm auf dem Heimweg vom Spielplatz zum Trost für den Streit gekauft hat.

Als sie die Bettwäsche im Schlafzimmer abzieht, riecht sie an Polster und Leintuch auf Berts Seite, und zum ersten Mal bildet sie sich ein, den Geruch einer fremden Person wahrzunehmen. Wie konnte sie nur die längste Zeit dermaßen naiv sein und nichts bemerken? Überstunden, angeblich, obwohl sie ihn in den hintersten Winkel der Firma verbannt haben. Rechnungen von sogenannten Geschäftsessen in teuren Restaurants, die sie in seinen Taschen entdeckt hat. Geschäftsreisen und Seminare, die sie nie hinterfragt hat, die nun, unter dem Gesichtspunkt einer Affäre, einen anderen Sinn ergeben. Wie konnte sie nur so blind sein! Dabei hat sie eigentlich gar nichts übersehen, sondern einfach nicht zur Kenntnis nehmen wollen, was da mehr oder weniger vor ihren Augen ablief.

Aber warum?

Das fragt sie sich verbissen, während sie fast ein Loch in eine seiner Hosen bügelt. Mit einer hilflosen Bewegung wirft sie die Hose, die nicht mehr dampft, sondern bereits

qualmt, schließlich zur Seite und gibt sich die nächstliegende Antwort: Weil ihr Kind nicht in diese Sache involviert werden darf! Zwischendurch raucht sie die eine und andere Zigarette an, aus einer Schachtel, die einmal jemand vergessen hat, dämpft sie aber nach ein paar Zügen wieder aus, weil ihr davon schlecht wird. Abgesehen von Versuchen in ihrer Jugend, die dem Gruppenzwang unterlagen, war sie immer Nichtraucherin. Erst nachdem sie, gegen alle Vorsätze, zur Flasche greift und rasch ein paar Gläser Wein trinkt, entspannt sie sich.
Alle Versuche, ihn zu erreichen, sind bisher gescheitert. Jetzt nur nicht die Nerven verlieren, das denkt sie immer wieder. Sie muss in Ruhe überlegen, was zu tun ist, in dieser Situation, die ihr mehr zumutet, als sie geglaubt hat, je ertragen zu müssen. Mit ihrer Mutter kann sie unmöglich darüber reden. So etwas liegt vollkommen außerhalb deren Horizonts. Mit Ruth aber vielleicht schon, die sie auf jeden Fall, beschließt sie nach dem dritten Glas, am Abend treffen wird. Soweit sie sich erinnert, war Ruth eine geduldige und verständnisvolle Zuhörerin, zurückhaltend mit Ratschlägen, aber kritisch in der Beurteilung einer Situation. Sonst ist ihr niemand von früher geblieben. Seit Boris auf der Welt ist, hat sie sich mit einer solchen Ausschließlichkeit um die Familie gekümmert, dass nach und nach alle Freundschaften verkümmert und dann verlorengegangen sind. Bert war das gar nicht recht, aber sie wollte dieses Opfer bringen. Für sie war es ein Beweis ihrer Bereitschaft, der Idee der Familie alles unterzuordnen. Und nun steht dieses Ideal auf dem Spiel. Auf dem Prüfstand zumindest, sagt sie sich, denn sie hat sich in den letzten Stunden fest vorgenommen, das alles nicht einfach kampflos aufzugeben. Was sie fast wahnsinnig macht, ist gar nicht so sehr

die Vorstellung, dass Bert eine Geliebte hat, sondern der Umstand, dass sie ihn nicht erreicht, um ihn zur Rede zu stellen. Die Spucke, wie die Männer die Empfangsdame in der Firma nennen, hat zwei Mal gesagt, sie wisse nicht, wo er sei, und könne ihn ebenfalls nicht erreichen. Beim dritten Anruf hat sie dann gar nicht mehr abgehoben.
Sie schaltet den Fernseher ein und wählt ihr Lieblingsprogramm. Beinahe alle Sendungen auf allen Programmen um diese Zeit handeln von den kleinen Tücken und großen Freuden des Familienlebens. Wenn sie sich im Moment auch nicht auf ihre Seifenoper konzentrieren kann, so beruhigt es sie doch, wenn der Fernseher einfach nur an ist. Das Geflimmer und Gequatsche am Rande ihrer Zerstreutheit vermittelt ihr genau jene Normalität, die ihr zu entgleiten droht.

Boris!
Sie muss nach ihm sehen. Seit kurzem ist es im Kinderzimmer verdächtig ruhig. Sie schleicht sich an und öffnet die Tür, die nur angelehnt ist, einen Spalt breit. Er liegt inmitten seiner Rennstrecke, auf dem Rücken, mit überkreuzten Beinen, und schaut sich ein Buch an. Diese völlige Hingabe an die Bilder und die Kraft der eigenen Imagination. Sie könnte eintreten oder husten oder ihn rufen, und er würde in diesem Zustand verharren. Dieses Ausmaß an Konzentration ist ihr nicht ganz geheuer, eine Art Realitätsverweigerung. Szenen der Ehe seiner Eltern, wie er sie heute erlebt hat, denkt sie, vertiefen diese Tendenz zur Abkoppelung auf eine bedenkliche Weise. Bald wird die Oma kommen und ihn abholen. Soll sie ihm auftragen, nichts davon zu erzählen? Kindermund. Aber das wird nicht notwendig sein. In letzter Zeit muss man ihm

ohnehin, wie es so schön heißt, alles aus der Nase ziehen. Er entwickelt eine weitere Persönlichkeit hinter der, die er gewöhnlich den Erwachsenen zeigt.

So, wie sie jetzt aussieht, kann sie ihrer Mutter nicht unter die Augen kommen. Mit zerzausten Haaren, im zerknitterten Bademantel, barfuß und mit vom Heulen verschmiertem und geschwollenem Gesicht. Das hätte wahrscheinlich eine Reihe unangenehmer Fragen zur Folge. Nun fällt ihr auf, dass die Fürsorge der Mutter mitunter ins Inquisitorische umschlägt. Sie fragt sich, ob das vielleicht schon immer so war. Ist sie selbst vielleicht auch nicht ganz frei von dieser Art Fürsorge? Hat sie Bert, indem sie ihn bemuttert hat, wie ihre Mutter sie bemuttert, von sich weg und in die Arme dieser anderen Frau getrieben? Oder ist es nur der Sex, den sie nicht mehr haben und den die ihm gibt? Deren Existenz, das muss sie sich mit Gewalt in Erinnerung rufen, bis dato aber auf nichts als einer Reihe von Vermutungen beruht.

Bevor sie sich für die Mutter und das Treffen mit Ruth frisch macht und anzieht, will sie noch ein Mal versuchen, ihren Mann zu erreichen. Immerhin könnte ihm etwas zugestoßen sein. Sie nimmt das Handy und sieht, dass sie mehrere Nachrichten erhalten hat, alle von ihm. Sie öffnet eine ... stutzt und ist erstaunt, eine weitere ... liest und beginnt zu lächeln, dann noch eine dritte und vierte und fünfte, bis sie vor Freude zu lachen beginnt. *Ich liebe Euch!* Das steht in jeder SMS.

Mit zittrigem Daumen ruft sie seine Nummer auf und drückt die grüne Taste. Als das erste Freizeichen ertönt, richtet sie sich auf und atmet tief durch.

## 24.

**Folgt ihm jemand?** Es ist nur ein Gefühl, nichts Konkretes. In seiner Situation darf er nichts außer Acht lassen. Er stellt sich in den Winkel eines Kebapstands, um sich in Ruhe umzusehen. Ein Türke – der Akzent verrät, was Kettchen und Schnauzer andeuten – fragt ihn, was er essen will. Ein Bier, er wolle nur ein kühles Bier, sagt er, nichts sonst. Mit einem mürrischen Brummen wendet sich der Mann ab. Ist er verärgert, weil er nichts zu essen bestellt hat? Oder beleidigt, weil er Alkohol verlangt?
Endlich knallt er eine Dose vor ihn hin und nennt den Preis. Ein hoher Preis für eine kleine Dose Bier. Er holt eine Münze aus der Tasche seines Sakkos und wirft sie neben die Dose. An dieses neue Geld muss er sich erst gewöhnen. Wenn er rechnet, was er ungern tut, scheint es weniger wert zu sein als das alte. Der Türke grinst nur, rührt es nicht an und sagt, das sei zu wenig.
Er schiebt sich die Sonnenbrille auf die Stirn, schnappt das Bier, bevor der andere es nehmen kann, rückt näher, fixiert ihn mit seinem blauen Blick und drückt ihm die kalte Dose an die Wange. Fragt ihn, ob sein Geld nicht gut genug sei. Das Geld der Mutter immerhin, die es sich, wie er sie kennt, vom Mund abgespart hat. Die Stimme scharf wie Papier. Eine kurze Unendlichkeit lang verschränken sich die Blicke der beiden. Dann hat der Mann genug gesehen. Er nimmt das Geldstück, wortlos, und wendet sich ab und anderem zu. Beginnt ein Gespräch auf Türkisch mit einem Kunden auf der anderen Seite des Standes. Er biegt den Verschluss auf, macht sich wieder auf den Weg,

trinkt einen Schluck. Nein. Er kann nicht sagen, ob ihm jemand folgt. Die ganze Zeit über, die er dieses Spiel gespielt hat, war ein großer Teil seiner Aufmerksamkeit anderswo. Wie ein Radar hat er mit allen Sinnen seine Umgebung sondiert, aber nichts Auffälliges bemerkt. Ausschließen darf er allerdings auch nichts. In seinem Magen knurrt der Hunger. Der große, knusprig gebratene Kegel Kebap hat gut gerochen. Aber er will sitzen, irgendwo mit dem Rücken zur Wand, und in Ruhe etwas essen.
Er sucht einen Gastgarten auf. Im Schatten einer Markise und im Schutz einer Mauer nimmt er Platz. Von hier aus hat er einen guten Überblick. Die Sporttasche stellt er unter den Tisch. Schärft sich ein, sie ja nicht zu vergessen, falls er überraschend aufbrechen muss. Sein Leben lang schon ist er auf der Flucht vor irgendetwas. Vor irgendjemand. Man entwickelt Rituale, die anderen sinnlos erscheinen. Oft sind es diese Kleinigkeiten, die über Freiheit oder Gefängnis entscheiden. Über Leben und Tod.

Geröstete Leber mit Erdäpfelsterz. Kein Bier diesmal, nur Mineral. Zuviel Bier in dieser Hitze macht müde und schwächt die Konzentration. Der Gefängnisarzt hat einen Eisenmangel in seinem Blut diagnostiziert. Leber enthält viel Eisen, weshalb er sie seither noch lieber isst. Er hat gelernt, auf seine Gesundheit zu achten. Wenn das hier vorüber ist, wird er sich dem Zen widmen und mit dem Rauchen, Trinken und Fleischessen aufhören. Wanda wird Augen machen, wenn er als ganz neuer Mensch nach Graz zurückkommt.
Hier ist viel los. Ein potenzieller Verfolger wird es sich gut überlegen, sich vor all den Gästen und dem Personal mit ihm anzulegen. Wer will schon die Polizei auf den Plan

rufen, wenn er im Verbotenen agiert? Josef, oder ein Handlanger von ihm, kann sich das wohl kaum leisten. Das Bier, das er intus hat, drückt auf seine Blase. Als die Kellnerin sein Essen bringt, fragt er nach der Toilette. Er nimmt die Tasche und folgt ihrer Beschreibung. Durch den Garten in einen Flur, links und rechts Türen, das Klo sei am Ende des Flurs, hat sie gesagt. Nicht weit von der Klotür ist eine andere Tür, die, wie er sich vergewissert, offen ist und in eine kleine Gasse hinaus führt.

Noch bevor er die Klotür ganz hinter sich schließt, weiß er, dass er einen großen Fehler macht. Er duckt er sich zur Seite weg. Ein Zischen zerteilt die Luft knapp an seinem linken Ohr, etwas saust an seinem Kopf vorbei und trifft mit einem satten Geräusch seine Schulter. Ein Stich Hitze fährt ihm durchs Schulterblatt bis in die Lunge, nimmt ihm den Atem und zwingt ihn in die Knie. Im Hochkommen schlägt er zu, legt alle Kraft hinein, die ihm geblieben ist. Wenn das ins Leere geht, wird er die nächste Attacke nicht überstehen, denkt er noch. Da trifft er den Angreifer, den er nun zum ersten Mal sieht, tief unterhalb des Gürtels, sodass der wimmernd über ihm zusammenklappt. Er schüttelt ihn ab, richtet sich auf, fischt die Pistole aus dem Hosenbund, zielt auf seinen Kopf und spannt den Hahn. Jetzt sieht ihn der andere an, von unten herauf, nichts als Angst in den Augen: Ein junger Kerl, braungebrannt, Kreolen in den Ohren und ein Tattoo auf dem Hals, eine blaue Fledermaus. Bis zum Anschlag krümmt sich sein Zeigefinger ... Dann lässt er ab und schlägt dem unsympathischen Typ mit dem Lauf der Walther die Zähne ein. Ein wuchtiger Stoß auf den Hinterkopf lässt ihn zur Seite wegbrechen. Er nimmt ihm den Totschläger aus der verkrampften Hand und bricht ihm mit zwei präzisen

Schlägen je vier Finger. Reißt ihm die Ohrringe heraus, nimmt ihm ab, was er noch findet – Springmesser, Schlagring, Handschellen, Geldtasche, Handy und einige weiße Briefchen –, packt rasch alles in seine Tasche. „Alles Gute, Batman“, murmelt er. Durch die Tür, durch die der andere gekommen sein muss, verlässt er das Gasthaus, ohne zu bezahlen. Mit breiten Schritten eilt er durch die enge Gasse davon.

## 25.

**Beide** sind eingenickt.

Nachdem Bert Silvia verschafft hat, was sie ihm in ihrer unvergleichlichen Weise gegeben hat – Erregung, Befriedigung, Entspannung –, sind beide in einen oberflächlichen Schlaf eingetaucht. Ein Dösen vielmehr, wie es nur am Tag möglich ist, eine Trance, in der man sein Bewusstsein schärft, aber den Körper kaum noch wahrnimmt.

Bert glaubt zu schweben, in einer Blase im All. Alles, was ihm dieser Tag bereits angetan hat, verliert an Schrecken. Seine Gesichtszüge sind vollkommen entspannt. Er spürt, dass er über etwas nachdenken könnte, seine Kündigung und seine Frau zum Beispiel, doch dazu besteht in diesen endlosen Momenten nicht die geringste Notwendigkeit. Es ist, wie es ist, und das ist gut so. Ginge es nach ihm, seinem gedemütigten Geist und geschundenen Körper, könnte dieser Zustand ewig dauern. Die Welt draußen hat nicht die Macht, dieses Glück zu zerstören. Solange er sich derart im Gleichgewicht befindet jedenfalls. Dass ihn die Realität seines Lebens bald wieder einholen wird, kostet ihn nur ein müdes, verzücktes Lächeln. Ein paar Mal gluckst er in sich hinein, ein implodierendes Gelächter, das Wellen des Wohlbefindens bis in die Peripherie seiner Hände und Füße sendet.

Silvia ist mittlerweile tiefer abgetaucht. In jene Regionen, wo aus den Trümmern des Tages Träume entstehen. Alles setzt sich neu zusammen, ganz anders aber, und alles funktioniert nach Gesetzen, die ihr fremd und doch irgendwie vertraut sind. Sie hat den Ereignishorizont dieses Tages überschritten und die herkömmliche Kausalität hinter sich gelassen. Zeit, Raum und Gravitation sind außer Kraft. Nun spielt sich Unvorhersehbares ab: Etwas, womit sie selbst in ihren Träumen überhaupt nicht rechnet. Immer tritt das ein, was auf keinen Fall im Bereich des Möglichen liegt. Das Unwahrscheinlichste präsentiert sich als das Selbstverständlichste. Die Angst vor der Vergangenheit, die in jedem Moment zur Angst vor der Zukunft wird, lockert und löst sich in einer traumhaften Gegenwart, vor der sie sich nicht im Geringsten fürchtet, obwohl dermaßen seltsame Dinge geschehen: Alle drei, Josef, er und sie, sind angeklagt, ein Verbrechen begangen zu haben. Sie nimmt ihren ganzen Willen zusammen und kommt doch nicht dahinter, worum es sich handelt. Das Tribunal der Anklage besteht aus Kräften, die sie nicht entschlüsseln kann. Wenn sie genau hinhören und hinsehen will, verschwindet alles im Vagen. Es muss etwas Schreckliches sein, das ahnt sie. Die Schuld, die ihnen zur Last gelegt wird, ist bleischwer, und dennoch bleibt sie davon eigenartig unberührt. Während Josef von dieser Schuld gelöscht wird, ein Bild, das langsam verblasst, nimmt der andere immer mehr Form an ... Eine Kraft, die sich sukzessive materialisiert. Sie selbst aber bleibt im Hintergrund, am Rande dieser Schuld, doch er tritt schließlich so deutlich hervor, dass sie aufwacht.

Mit einem Seufzer kommt sie zu sich. Sie erinnert sich daran, dass sie sich etwas vorgenommen hat. Bert neben ihr lächelt wie Buddha, obwohl er dazu wirklich keinen Grund hat. Sie will ihn antippen, an der Schulter, dann lässt sie es bleiben und erhebt sich aus dem Bett, vorsichtig, um ihn nicht in seiner Trance zu stören. Weitab das Gesumm der Stadt, dieses Hintergrundrauschen, das nur in den frühen

Morgenstunden ganz aussetzt. Sie sieht auf die Uhr: Stoßzeit an einem Freitag. Sie wird es versuchen, sagt sie sich mehrmals unter der Dusche. Die Reste dieses Traums zerfließen unter dem kühlen Wasser, dieser Entschluss aber verstärkt sich. Nachdem sie sich angezogen und flüchtig frisiert hat, schreibt sie eine Nachricht auf einen Zettel, den sie neben Berts Brille legt, und verlässt leise die Wohnung.

Wenig später schon lässt ihn ihre Abwesenheit zu sich kommen. Da ist das Gefühl eines Mangels, sodass das perfekte Gleichgewicht, in dem er sich befindet, der negativen Entropie anheimfällt. Er schlägt die Augen auf. Silvia ist weg. Er muss nicht nach ihr rufen oder nachsehen, ob sie etwa in einem anderen Zimmer ist. Die Gewissheit, mit der er zu sich kommt und sie vermisst, ist untrüglich.
Das Nickerchen hat ihm gut getan und seine Energie erneuert, die dieser Tag vom frühen Morgen an sukzessive zunichte gemacht hat. Allein in der großen Wohnung kann er in Ruhe darüber nachdenken, wie es nun weitergehen soll. Mit seiner Familie, mit Silvia und ihm, mit ihm selbst. Er schaltet sein Handy wieder ein. Sogleich vermeldet es ein paar neue Nachrichten. Er greift nach der Brille und entdeckt den Zettel: Ihr sei etwas eingefallen, das sie noch rasch erledigen müsse. Sie sei aber auf jeden Fall rechtzeitig zurück, um mit ihm auszugehen. *Etwas* eingefallen, denkt er. Eine kryptische Bemerkung für Silvia, die sonst immer alles bis ins Detail ausformuliert. Mit diesem Hang zur Pedanterie treibt sie ihn manchmal in die Enge, bis er eine richtige Wut bekommt, deren Energie sie dann in sexuelle Bahnen lenkt, indem sie ihn dazu bringt, sie richtig wild und hart zu nehmen. Obwohl er ihr dann mitunter

fast wehtut, ist er es, der sich am Ende ein wenig ausgenutzt vorkommt. Wofür ihn wiederum entschädigt, dass sich Silvia für Sachen hergibt, die für seine Frau seit jeher undenkbar waren.
Was ihm Silvia da in Andeutungen von diesem Geld und den damit verbundenen Umständen erzählt hat, gefällt ihm gar nicht. Kann es sein, dass diese Frau, der er seit langem die Trennung von seiner Familie verspricht, in Dinge verwickelt ist, die ungesetzlich, wenn nicht gar kriminell sind? Seine aparte, überkorrekte, angebetete Silvia, die in seiner Anwesenheit noch keine Vorschrift ignoriert und keinen Strafzettel bekommen hat. Die immer zurückbleibt, wenn er bei Rot über die Kreuzung geht, weil gerade kein Auto kommt. Die alle Rechnungen überpünktlich begleicht, um nur keine Mahnung zu bekommen. Er hat noch nie einen gewissenhafteren Menschen kennengelernt. Bei ihren Spielen aber bricht sie alle Tabus, die ihr der Alltag abverlangt. Damit hat sie ihn nach und nach für sich eingenommen, obwohl er damals nicht viel mehr gesucht hat als eine Affäre, die ihn für die Frigidität seiner Frau entschädigt.
Soll er sich die Abwesenheit Silvias zunutze machen, um in der Wohnung nach Beweisen zu suchen, die mit dunklen Flecken in Silvias Vergangenheit zu tun haben? Nein, entscheidet er, das ist nicht seine Art. Und was immer da gewesen sein kann, es muss lange her sein und hat nichts mit der Frau zu tun, in die er sich verliebt hat wie in keine andere. Die er immer noch begehrt und respektiert. Es hat mit Josef und diesem Typen zu tun, der so plötzlich aufgetaucht ist, soviel ist sicher. Die drei kennen einander seit langem, das war daran zu erkennen, wie sie an der Bar miteinander umgingen. Wobei der große, sportliche

Kerl im Leinenanzug aus der Reihe fiel, das ist ihm nicht entgangen. Da standen zwei gegen einen, besser gesagt, korrigiert Bert seine Überlegung, einer gegen zwei. Was kann der Typ, der wirkt, als sei er aus der Zeit gefallen, gegen Josef und Silvia in der Hand haben?
Bevor er dazu kommt, sich eine Antwort auf diese Frage zu geben, läutet sein Telefon. Es ist Rosa. Wenn er jetzt mit ihr spricht, wird er einiges erklären müssen. Wenn nicht, wird er es später tun müssen. Er kämpft mit sich. Als das Läuten nicht und nicht enden will und er immer wieder seinen kleinen Sohn vor sich sieht, nimmt er das Gespräch an.
„Schatz?"
Ihre Stimme klingt nicht vorwurfsvoll, vielmehr freudig erregt und so, als wäre sie an einem Tag um Jahre gereift. Das schrille Näseln dieser Stimme ist ihm in letzter Zeit nicht selten auf die Nerven gegangen.
„Hallo", sagt er nur, um Neutralität bemüht.
„Können wir endlich reden?"
„Das sollten wir tun."

Als Silvia in ihre Wohnung zurückkommt, findet sie Bert in erstaunlich guter Laune vor. Wenn sie bedenkt, dass man ihn heute fristlos entlassen hat, obwohl er längst hätte befördert werden müssen, erscheint ihr dies ziemlich unangemessen. Er sitzt, die Füße auf dem Tisch, vor dem Fernseher und amüsiert sich über die Pointen einer Comedy, die ihr im Moment nicht einmal ein müdes Lächeln entlocken können. Diese immer gleichen Anspielungen, sexueller Natur meist, die in erster Linie bei einem Publikum funktionieren, das zwar alles gesehen, aber nichts begriffen hat.

Das Treffen, das sie hinter sich hat, stimmt sie nachdenklich. Es hat sie aufgewühlt, wie Wasser, über das ein Sturm hinwegfegt. Obwohl sie eigentlich damit rechnen musste, dass etwas Derartiges irgendwann passieren würde, kommt es ihr vor, als brächte dieser Tag eine böse Überraschung nach der anderen mit sich, und sie fragt sich, wann das Maß endlich voll ist. Es hätte sie nicht gewundert, einen Zettel vorzufinden mit der Nachricht, dass Bert es sich doch noch anders überlegt hat und zu seiner Familie zurück ist. Aber das bleibt ihr zum Glück erspart: Denn da sitzt er, mampft Chips vom Couchtisch, trinkt schon wieder Alkohol und lässt sich von infantilen Späßen erheitern.

„Wo warst du, Schatz?"

Irgendetwas in seiner Stimme behagt ihr nicht. Eine Jovialität, die nicht zu ihm passt, aber darum mag sie sich nun wirklich nicht auch noch kümmern. Sie hat schließlich genug am Hals. Und sie ist überzeugt davon, dass niemandem damit geholfen ist, wenn sie ihm sagt, wo sie war, wen sie getroffen hat und worum es dabei ging. Bestimmt nicht in diesem Moment. Die halbe Wahrheit reicht oft aus, um beide Seiten zufrieden zu stellen. Warum immer gleich alles wollen, alles riskieren und womöglich alles verlieren?

„Ich war noch einmal bei Josef."

„Wegen diesem Typen?"

„Ja. Wir haben nach einer Lösung für unser Problem gesucht."

„Und?" Bert fragt das zwischen zwei Lachern, stopft sich Chips in den Mund und spült mit Bier nach. Die Antwort scheint ihn schon nicht mehr zu interessieren. Silvia kann ja nicht ahnen, was er mit Rosa am Telefon besprochen hat.

„Alles halb so schlimm“, sagt Silvia. „Wir sind doch erwachsene Menschen und werden uns schon einigen. Niemand hat etwas davon, wenn wir es zulassen, dass eine Jugendsünde uns einholt und unser Leben über den Haufen wirft. Das eine hat mit dem anderen überhaupt nichts mehr zu tun.“

Jetzt dreht Bert sich um und schaut sie an, wie sie aus ihren Kleidern steigt. Als möchte sie mehr abstreifen als nur ihr Shirt und ihren Rock. „Was ist denn damals wirklich passiert?“

„Ich glaube, es ist besser, wenn du nicht alles weißt“, sagt sie. „Besser für dich, meine ich. In ein paar Tagen, wenn das geregelt ist, erzähle ich dir alles. Dann können wir uns auch nach einem Haus umsehen. Freust du dich darauf? Ich meine, kannst du das als Entschädigung sehen für das, was sie dir heute in dieser Scheißfirma angetan haben?“

Bert ist schon wieder anderswo.

„Und ich rate dir auch, darauf zu verzichten, das Arbeitsgericht einzuschalten, das bringt doch nichts. Vorausgesetzt natürlich, sie zahlen, was dir zusteht. Mit deiner Erfahrung findest du bald etwas Gleichwertiges, vielleicht sogar Besseres.“

Bert lacht und trinkt Bier. Aber das Lachen gilt nicht seiner beruflichen Zukunft. Und schon gar nicht seiner privaten mit Silvia, die ihm, seit er allein und in Ruhe über alles nachgedacht hat, in gewisser Weise ... ja, er muss es bei sich so nennen, irgendwie suspekt vorkommt. Seine neuen Pläne decken sich nicht mehr mit ihren. Das braucht sie aber jetzt noch nicht zu wissen, hat er in ihrer Abwesenheit entschieden. Er bringt es einfach nicht übers Herz, ihr diesen Abend zu verderben, auf den sie sich seit Tagen so freut.

Wenn er sie jetzt, in der Werbepause, beobachtet, wie sie sich auszieht und nackt durch die Wohnung streift, um zu suchen, was sie für den Abend braucht, erwacht sein Begehren. Nie hat er diese Frau aus der Distanz ansehen können, ohne ein heftiges Verlangen nach ihrem Körper und ihren Berührungen zu empfinden. Dann will er diese verlockende, aber etwas grausame Entfernung aufheben und sich ganz in ihrer Nähe verlieren. Warum sollte er sie nicht noch ein weiteres Mal spüren dürfen? Ein Trost gewissermaßen für seinen Entschluss, sich den Anforderungen seiner Familie zu stellen und dem Lustprinzip zu entsagen. Wo er sich ohnehin überhaupt nicht sicher ist, ob er nicht im Begriff ist, mit diesem Rückzug einen großen Fehler zu begehen.
Er tritt hinter sie, als sie sich im Bad vor dem Spiegel schminkt, senkt seinen Kopf auf ihre linke Schulter und nimmt ihre Brüste in seine Hände. Sie zögert nur kurz, fährt dann aber fort, sich die Wimpern zu schwärzen, während sie ihn mit dem einen und anderen Blick im Spiegel fixiert. Mit einem kleinen Schritt in die Breite öffnet sie sich, um ihn aufzunehmen, schließt aber die Beine gleich wieder. Als Bert richtig in Rage kommt, fast als würde er sie für etwas bestrafen, stützt sie sich mit beiden Händen auf das Waschbecken und schließt die Augen.

## 26.

**Billy** freut sich, als Franz ihn beim Portier abholt. Der kleine Hund rennt um ihn herum und versucht, immer wieder an ihm hochzuspringen. Franz nimmt ihn schließlich auf und steckt dem Portier einen Fünfer zu. Das alte Hinkebein salutiert: „Stets zu Diensten! Und wenn's amal a Hunderl brauchen?" Sie verlassen das Gelände der Krankenanstalt in Richtung Innenstadt.
Soll er in seine Wohnung fahren, ein paar Dinge erledigen, die er immer wieder aufschiebt? Er sollte endlich einmal das Vorlesungsverzeichnis für das Wintersemester durchschauen, um zu sehen, ob die Lehrveranstaltungen, die ihm noch fehlen, irgendwie mit den Anforderungen seines Jobs kompatibel sind. Falls ihn die Chefin nach diesem letzten Gespräch nicht schon durch jemand ersetzt hat, der angepasster, unterwürfiger und vor allem billiger ist als er. Angeblich türmen sich die Bewerbungsschreiben auf ihrem Tisch zu Stapeln.
Dieses Mädchen geht ihm nicht aus dem Kopf. Immer wieder sieht er ihr Bild vor sich und fragt sich, ob er etwas falsch gemacht hat. Aber warum er? Dass sie von der Brücke gestürzt ist, war doch nicht seine Schuld. Er setzt sich in den Gastgarten eines italienischen Cafés und bestellt einen Ristretto mit einem Glas Wasser. Vielleicht ist es das Motiv, das ihm zusetzt, der Grund, warum er zu diesem Zeitpunkt an diesem Ort war. Nicht, um ihr beizustehen, und auch nicht rein zufällig, sondern um ihre Tragödie, von der er nicht das Geringste weiß, für seine Zwecke auszunutzen. Auch wenn er dann einiges riskiert

hat, um ihr zu helfen, wirft er sich doch vor, dass es dieser fragwürdige Auftrag war, der ihn in die Sache verwickelt hat. Wirklich höchste Zeit, denkt er, ans Aufhören zu denken. Wenn er nicht ohnehin schon gefeuert ist und es bloß noch nicht weiß.
Fast fünf Uhr am Nachmittag, und die Hitze lastet noch auf der Stadt, als hätte die Sonne bei ihrem Abstieg etwas vergessen. Billy sucht unter seinem Sessel Schutz, hechelnd, um sich Erleichterung zu verschaffen. Franz späht im Schatten seiner Schirmkappe durch die Gläser der Sonnenbrille in diesen Himmel. Ein Himmel, der ihm in seinem vordergründigen Blau viel uninteressanter erscheint als der klare Himmel einer Winternacht auf dem Land in seiner großartigen Tiefe und Rätselhaftigkeit. Obwohl jetzt kein Wölkchen dieses Blau trübt, wird er das Gefühl nicht los, dass es bald regnen könnte.

Nach einigem Hin und Her, er ist müde und kann sich nicht entscheiden, steigt er in die Straßenbahn und fährt nach Hause. Ein Gefühl, als würde er zu sich auf Besuch kommen, so lange war er nicht da. Er geht durch die verdunkelte Wohnung, öffnet die Balken gerade so weit, dass etwas Licht hereinkommt, und kippt in der Küche die Tür zu dem kleinen Balkon im kühlen Innenhof. Er raucht eine, an den Kühlschrank gelehnt, betrachtet den Baum vor dem Fenster, der in den letzten Jahren durch seinen Blick gewachsen ist. Er denkt an die Frau, die er kennengelernt hat. An diese Intensität, die irgendwie immer noch da ist, eine ganz persönliche erotische Hintergrundstrahlung.
Billy winselt und schaut ihn mit diesem Hundeblick an. Er öffnet eine Dose Hundefutter, füllt seinen Napf und stellt ihm eine Schale Wasser hin.

Franz geht ins Schlafzimmer und wirft sich, ohne sich auszuziehen, auf sein Bett. Er streift die Stiefeletten ab, verschränkt die Arme unter dem Nacken und mustert den Plafond. Als er hier einzog, hat ihm ein Freund, der Kunst studiert, nach einem Schema aus einem wissenschaftlichen Magazin einen Entwurf des Universums an die Decke gemalt. Demnach befinden wir uns am Rande einer Galaxie, eines Spiralnebels, der sich wiederum in einer ziemlich abgelegenen Region des Kosmos befindet. Die gigantische Einsamkeit, die von dieser Vorstellung ausgeht, tröstet ihn manchmal, wenn er selbst verloren ist. Das Gefühl für diese Künstlerin, die ihm irgendwie näher war als andere Frauen bisher, lässt ihm den Platz der winzigen blauen, weißen, braunen und grünen Erde im All so annehmbar erscheinen wie die Adresse seines Stammlokals gleich unten um die Ecke.
Wieder einmal hat er vergessen, sein Handy auszuschalten. Gerade als seine Sinne schwinden, um Raum für eine kleine Zeitreise zu schaffen, läutet das Telefon. Aus. Vorbei. Zu spät, um noch die Abkürzung durch ein Wurmloch zu finden und dem gekrümmten Raum ein Schnippchen zu schlagen. Zu spät auch, um schneller zu sein als das Licht auf dem Weg in die Zukunft: Es ist die Chefin, und Franz weiß, dass sie ihm entweder die Kündigung an den Kopf werfen oder ihn auf eine sehr irdische Reise schicken wird.
Zweiteres ist der Fall. Sie ignoriert das letzte Gespräch und kommt gleich zur Sache. Nennt ihm wie gewöhnlich, fast im Telegrammstil, den Ort des Geschehens und worum es sich in etwa handelt. Und er solle sich gefälligst beeilen und mit einem Taxler fahren, der auch bereit sei, ein Risiko zu nehmen und Verbote zu ignorieren, eine

entsprechende Liste mit Telefonnummern habe sie immerhin erstellen und verteilen lassen! Die Kamerafrau sei schon unterwegs, und wenn er, Franz, Wert auf eine künftige Zusammenarbeit lege, sollte er versuchen, vor ihr am Tatort zu sein. „Zwanzig Sekunden", schreit sie noch, „höchstens dreißig!"

Franz erhebt sich ächzend aus dem Bett.

Es sei, wurde allgemein vermutet, bestimmt eine Folge der großen Hitze, die allen seit Wochen mehr oder weniger zusetze. Die Nerven liegen blank, und es braucht nur eine kleine Veränderung, um im Gehirn eines Menschen einen Kurzschluss auszulösen. Wie auch in diesem Fall. Der Gärtner Michael B. kam von einer Sitzung seiner Gewerkschaft nach Hause, frustriert von den Verhandlungen, die wieder einmal nichts gebracht hatten, und fand dort einen Brief vor, der nicht zugeklebt war, ohne Absender und mit der Aufschrift: Für meinen Mann. Das verhieß nichts Gutes, wenn er an die letzten Tage und vor allem Nächte dachte, die er im Streit mit seiner Frau zugebracht hatte. Schimpfend, schreiend, schwitzend, Übergriffe lagen auf der Hand, die ihm ein paar Mal auch auskam und Spuren im Gesicht seiner Frau hinterließ, darunter ein Auge so blau wie ein Enzian. Parallel zur allgemeinen Krise schaukelte sich die Ehekrise der beiden auf, bis sie mit Scheidung drohte, worauf er mit Gewalt antwortete. Einiges ging zu Bruch. Die Beleidigungen, die sich die beiden nachwarfen, schallten oft bis weit nach Mitternacht über den Innenhof des Gemeindebaus und erreichten ein großes Publikum, da wegen der Hitze viele Fenster offen standen und die meisten kaum schlafen konnten. Einige Male kam es über den Hof hinweg zu Auseinandersetzungen, die sich aber auf

Attacken verbaler Art beschränkten. Bis zu diesem Abend. Denn nachdem der bereits von der Sitzung in einem Wirtshaus stark angetrunkene und gereizte Mann den Brief seiner Frau gelesen hatte, trank er eine Flasche Schnaps und tat Folgendes: Schmiss alles, was in der Wohnung greifbar war, kurzerhand vom Balkon in den Hof hinunter. Zunächst nur Kleinigkeiten, Gewand, Geschirr, die paar Ratgeber, die er fand, dann aber wuchs sein Zorn mit der Aufgabe, und er begann sich der Möbel, die er tragen und über das Geländer wuchten konnte, zu entledigen, wobei er schrie und tobte wie ein wildes Tier. In den Wohnungen ringsum war es inzwischen still geworden, bestimmt war bereits die Polizei verständigt. Am Höhepunkt seiner Raserei, die dem Gärtner das Gefühl geben mochte, Herakles zu sein, der den Stall des Augias ausmistet, zerlegte er das Ehebett, riss Waschbecken und Klomuschel aus der Verankerung, zertrümmerte die Einbauküche, schleppte noch Kühlschrank, Fernseher und einen Kasten auf den Balkon und wuchtete eins nach dem andern aus dem dritten Stock. Als, kurz bevor die Polizei mit Blaulicht in den Hof raste, ein Schuss fiel, lachte er nur schallend und stellte sich mit ausgebreiteten Armen gut sichtbar hin, blieb aber unverletzt. Dann ließ er sich, immer noch brüllend, bereitwillig abführen wie einer, der ein Werk vollbracht hatte. Spätere Nachforschungen ergaben, dass der Schuss aus dem Flobertgewehr eines Drogensüchtigen abgefeuert worden war, der sich, wie er zu Protokoll gab, in seiner Ruhe gestört gefühlt habe. Zu Vorfällen kam es an diesem Tag auch in den Landeshauptstädten Graz, Linz und Salzburg.

## 27.

**Die Schmerzen in seiner Schulter** hängt er nicht ab. Jeder Atemzug sticht in seine Lunge. Schlaff wie eine Prothese hängt sein linker Arm an ihm. Wenn er die Finger bewegt, was viel Konzentration erfordert, muss er die Kiefer anspannen, um nicht aufzuschreien. Er weiß, dass er Glück gehabt hat. Diese kleinen Fehler mit den großen Folgen haben schließlich sein Leben ruiniert. In düsteren Momenten sieht er es so. Aber er ergibt sich dem nicht. Dieses Rot in seinem Bewusstsein, seinen Gefühlen und Gedanken treibt ihn an. Von Erfahrung zu Erfahrung: Niederlage zu Niederlage. Manchmal erringt er einen Erfolg. Am Ende aber wird es nicht gut ausgehen, das ahnt er irgendwie. Doch sind am Ende nicht alle gleich dran?

Mehr oder weniger, sagt er sich und fällt in eine langsame Gangart, um nicht aufzufallen. Er weiß nicht mehr, wo er sich befindet, wollte nur schnell weg. Distanz zwischen sich und den Kerl bringen, der es nicht verstand, den Fehler seines Gegners zu seinem Vorteil zu nutzen. Der wird lange Zeit brauchen, um wieder auf die Beine zu kommen. Zeit, um darüber nachzudenken, warum er es verbockt hat. Die Schmerzen werden seinen Gedanken eine gewisse Tiefe geben, denkt er, vielleicht. Es kann aber auch sein, dass er nie mehr der wird, der er war. Solche Erfahrungen können Menschen total aus der Bahn werfen. Womöglich verfällt er den Drogen? Oder er holt die Matura nach und beginnt ein Studium. Vielleicht aber, was wahrscheinlicher ist, ist er nur einer dieser Verlierer, die nicht verlieren können, und bringt eines Tages jemanden um.

Wenn auch nur, um für Sekunden all die erlittenen Niederlagen aus seinem Bewusstsein zu löschen. Damit es einen Zeugen weniger gibt, der vom Versagen weiß. Um sich einen göttlichen Augenblick lang an einer Allmacht zu berauschen, die es nicht gibt.

Er stellt sich in eine Passage, um zu verschnaufen. Ein Strom von Menschen zieht an ihm vorüber. Viele sind auf dem Weg nach Hause, das sieht er, andere gehen bereits aus. Was soll dieses Grübeln? Am falschen Ort zur falschen Zeit. Wenn überhaupt, kann er sich so etwas leisten, wenn er in Sicherheit ist. Obwohl er seinen Arm nur unter Schmerzen bewegen kann, freut es ihn, dass der feine Anzug den feigen Anschlag ohne Schaden überstanden hat. Gibt es Leute, deren Leben eine ähnliche Qualität wie dieses Kleidungsstück hat? Einer von denen wäre er immer gern gewesen.

Mit zwei Fingern der rechten Hand holt er die Reliquie aus der Brusttasche des Sakkos. Einen Fuß stellt er auf die Tasche am Boden. Ohne ganz damit aufzuhören, sich umzusehen, mustert er die Hand aus Elfenbein. In den Jahren seiner Abwesenheit hat sie einen gelblichen Farbton angenommen. Wie gealterte Zähne. Er selbst hat die Figur zerbrochen, zu der diese Hand gehört. Ein Fetisch der Mutter, auf den er eifersüchtig war. Weil dieses Ding ihr alles zu geben schien, wozu er nicht imstande war. Weshalb hat er es heute Morgen an sich genommen? Schutz in den Überzeugungen seiner Mutter sucht er doch keinen. Wozu aber dann?

Als sein Handy läutet, schiebt er die winzige Hand wieder an ihren Platz über seinem Herzen. Lange blickt er auf das Display, diese vielsagende Nummer, bevor er das Gespräch endlich annimmt. Er sagt nichts, hört nur eine Weile zu.

Niemand in seiner Nähe kommt ihm verdächtig vor. Wie friedlich die Menschen wirken, wenn man nichts mit ihnen zu tun hat.
„Gut“, sagt er endlich. „Ich werde dort sein.“

Er streift am Donaukanal entlang. Mit dem Fluss des dunklen Wassers zu gehen, macht seine Schritte leicht. Das hilft ihm, diese düsteren Gedanken hinter sich zu lassen. Er wollte einen Start ins neue Leben ohne Zwischenfälle. Alles hat wunderbar funktioniert, wenn er mit seiner Theorie allein in der Zelle auf dem Rücken lag. Dann ist das Programm dieses Tages wie von selbst abgelaufen. Und jetzt zeigt sich ein unberechenbarer Rest in seinen Gleichungen, die doch so schön aufgingen: Der menschliche Faktor!
Hin und wieder ein Schlenker mit dem linken Arm, um dieses dumpfe Gefühl zu vertreiben, das vom Zentrum des Schmerzes in der Schulter nach unten zieht. Er denkt, dass ein wichtiger Nerv verletzt sein muss, so wie sich das anfühlt. Die Masse des Wassers, das sich träge an ihm vorbeischiebt, gibt ihm eine Vorstellung von seiner Kraft zurück. Von seinem Willen, den er doch nicht in unzähligen Minuten geformt hat, um ihn an einem Tag zu verlieren. Wenn er den Zigarettenrauch ganz tief inhaliert, betäubt es das Stechen in seiner Lunge. Er schiebt sich die Ray Ban auf die Stirn, als er die Gestalt an der Biegung des Kanals entdeckt. Während er sich ihr nähert, wird sie immer mehr zu der, die er erwartet. Im Vorgefühl der Freude, die trotz der Schmerzen in ihm aufkommt, und um das auszukosten, zügelt er seinen Gang. Schließlich scheint er mit jedem Schritt durch ein Jahr zu steigen. Er geht, indem er weiter auf sie zuhält, direkt in ihre gemeinsame Vergangenheit hinein.

„Hallo."
Sie sagt nichts, lächelt nur etwas unsicher. Sie macht den letzten Schritt, den er nicht mehr getan hat, auf ihn zu, hebt sich auf die Schuhspitzen und küsst ihn flüchtig auf beide Wangen.
Nach einer Pause, die beide brauchen, um im Jetzt anzukommen: „Gehen wir ein Stück zusammen?" Sie fragt es, wendet sich ab und geht los. Aus ihrer Stimme ist mittlerweile jede Aufregung verschwunden. Wie um zu zeigen, dass sie seriöse Absichten hat, nähert sie sich dem Wasser so weit, dass er an ihre sichere Seite kommen muss. Schweigend gehen sie nebeneinander her. Das Ungesagte dröhnt in ihren Köpfen wie das Echo einer fernen Vergangenheit. Von diesem Hintergrund ihres kurzen, aber intensiven gemeinsamen Lebens strahlt etwas aus. Viele Fragen sind offen geblieben. Es gab plötzlich keine Zeit mehr, sie zu beantworten. Für ihn sind sie mit einem Schlag unwichtig geworden, und sie hat bald einen Schlussstrich unter diese Vergangenheit gesetzt. Die Zeit radiert vieles aus.
„Was ist mit deinem Arm?"
Silvia mustert ihn verstohlen von der Seite, während er nur Augen für die Umgebung hat. Und für das dunkle Wasser, auf dem die Abendsonne Silber und Gold im Überfluss ausgießt.
„Jemand wollte mich davon abhalten, mir mein Recht zu verschaffen." Er ballt die Linke zur Faust und beißt die Zähne zusammen. „Kannst *du* dir vorstellen, wer?" Er lacht. Man kann lachen statt jammern, um Schmerz zu verarbeiten. Das weiß er schon lange, und er hat es trainiert. Einmal hat er einem Peiniger ins Gesicht gelacht, bis der die Nerven verlor und ihm in den Oberschenkel schoss. Rund um die Einschuss- und Austrittsnarbe hat er sich in

winziger Schrift einen Zweizeiler von Konfuzius tätowieren lassen. *Die Menschen stolpern nicht über Berge, sondern über Maulwurfshügel.* Eine Zeile vorne, die andere hinten.

Silvia gerät aus dem Schritt. Bleibt schließlich kurz vor ihm stehen, dreht sich um und schaut ihm genau zwischen die Augen. Als würde sie ihm direkt in die blauen Augen blicken. „Damit hab ich nichts zu tun, glaub mir. Ich möchte, dass wir das friedlich lösen. Niemand hat damit gerechnet, dass du jetzt auftauchst. Und ja, ich gebe es zu, wir haben gedacht, dass du womöglich gar nicht mehr aufkreuzt." Sie wendet ihren Blick ab. „Was hätten wir tun sollen?" Das klingt, als würde sie mehr sich selbst fragen. Sie schlendern weiter. „Wir konnten nur hoffen, dass du uns nicht verrätst. Natürlich war uns irgendwie klar, dass du eines Tages Forderungen stellen könntest. Ehrlich gesagt, verstehe ich nun gar nicht mehr, dass wir damit spekuliert haben, du würdest das nicht tun, sobald du draußen bist."

„Ihr habt euch eingebildet, dieses gemeinsame Kapitel unseres Lebens sei abgeschlossen. Ich sitze ein, während ihr ausgebt, was auch mir gehört. Entschuldige Süße", da war es wieder, diese anzügliche Anrede, „aber so naiv warst vielleicht du, früher, aber doch nicht Josef."

„Ich hab deinen Anteil noch." Eine halbherzige Entschuldigung, das spürt sie, während sie es ausspricht.

Er sucht mit Blicken die Silhouette der Stadt im Westen ab, als könnte es dort eine schlüssige Erklärung für alles geben. „Nobel von dir, Silvia", sagt er.

Sie vernimmt den Spott in seiner Stimme. Sie weiß nicht genau, warum, aber plötzlich schämt sie sich. Vielleicht, weil sie sein Geld auf ihrem Konto liegen hat, statt auf einem eigenen für ihn. Oder weil Josef diesen Anteil in seine Geschäfte investiert hat, ohne auf sie zu hören. Und weil davon nichts mehr übrig ist. Weil sie vermutet, dass Josef mit dem Überfall auf ihn zu tun hat, nach dem, was sie unter vier Augen besprochen haben, als er weg war. Sie schämt sich, weil sie ihre Vergangenheit nicht aufgeräumt hat. So wie sie stets ihre Wohnung, ihr karges Büro und ihren Kleiderschrank aufräumt. Vielleicht schämt sie sich sogar, weil sie dem kleinen Boris, den sie nur von Fotos kennt, den Vater wegnehmen wird. Und weil sie sich in genau diesem Moment eingesteht, dass sie Lust hätte, in ein Stundenhotel zu gehen und mit dem Mann an ihrer Seite fortzusetzen, was damals unterbrochen wurde. Derart abrupt, dass sie es furchtbar tief in sich vergraben musste, um nicht aufzufallen.

„Josef", sagt er nur. „Er war schuld, damals." Sie glaubt zu verstehen, was das bedeuten kann.

„Josef ist schwach", sagt sie. „Raffiniert, gescheit, eitel, ein Zauberer am Herd, aber ohne Prinzipien. Ein schwacher Mensch, der an den Genuss glaubt und an jede Abkürzung dorthin." Diese verkorkste Entschuldigung war sie Josef einfach schuldig, trotz allem.

„Im Gefängnis hätte man mich zwei Mal fast umgebracht. Und es gab keinen direkten Zusammenhang mit dem, was dort so abging." Er sagt es mit diesen schmalen, scharfen Lippen. Das folgende Schweigen lässt mehr als nur eine Ahnung davon aufkommen, was damit gemeint ist.

Manchmal begegnen sie jemandem. Radfahrerinnen, Spaziergänger mit Hunden, Mütter mit Kinderwägen, Jogger sind hier unterwegs. Er geht ein auf das, was Silvia sagt, bleibt aber wachsam wie eine Katze auf der Lauer. Er weiß, dass Josef sie benutzt hat, beide, und dass er sie wahrscheinlich noch immer ausnutzt. Oft hat er sich an jenen Frühling erinnert. Diese Tage und Nächte, als sie alle drei in einem Anflug von Größenwahn geglaubt haben, mit ihrem Vorhaben durchzukommen. Dem Coup. Einer Entführung. Mit dem *Projekt Zukunft,* wie Josef das Unterfangen etwas zynisch genannt hat. Eine haarsträubende Sache, im Nachhinein und mit Vernunft betrachtet, die im Grunde doch nur schiefgehen konnte. Dass die Geisel starb, war eigentlich ein Unfall, auch wenn das dann bei Gericht niemand so sehen wollte. Ein Unfall aber, an dem Josef nicht ganz unschuldig war. Und dass die beiden, Silvia und Josef, nicht gefasst wurden, war nichts als ein glücklicher Zufall. Vielleicht wären die Geschworenen und die Staatsanwältin nachsichtiger mit ihm gewesen, wenn drei Täter auf der Anklagebank gesessen hätten. Die Empörung der Familie des Opfers, der Geschworenen und der von den Medien geschürten Öffentlichkeit hätte sich nicht ausschließlich auf ihn konzentriert. Natürlich wurde spekuliert, mehr als nur einer sei an diesem Verbrechen beteiligt gewesen. Aber er wollte das nur mit sich und der Welt ausmachen. Dass das Lösegeld verschwunden blieb, ließ den Richter das Strafausmaß voll ausschöpfen. Ein paar Jahre hat er sich dann mit guter Führung vom Gesetz zurückgeholt. Jedes dieser Jahre zählt doppelt und dreifach.

„Ich muss gehen“, sagt Silvia mit einem Blick auf ihre Uhr. Bert wartet in ihrer Wohnung auf sie.

Er bleibt stehen, stellt die Sporttasche ab, greift mit seiner Rechten nach ihrer Schulter und hält sie zurück. „Bring Josef zur Vernunft! Noch so eine Aktion und er kann sich selbst auf seine beschissene Speisekarte setzen. Sag ihm das!“

Silvia macht einen kleinen Schritt auf ihn zu, schlingt ihre Arme um seinen Nacken, stellt sich auf die Schuhspitzen

und küsst ihn, als er den Mund öffnet, um noch etwas zu sagen. Diesmal weicht er nicht zurück. Ein paar Augenblicke lang gibt er nach und verliert sich in diesen Berührungen. Eine Zeitreise, schneller als das grelle Licht dieses Tages, in jenen verrückten Frühling, als fast alles schiefging. Bis auf die kurze, heftige Liebe mit dieser Frau. Als die Uhr in seinem Bewusstsein zu ticken aufhört, kommt Gefahr in ihm hoch. Dieses uralte Gefühl, das er mit Misstrauen in Schach hält. Sanft löst er sich von ihr und schaut sich aus den Augenwinkeln um, ohne den Kopf abzuwenden. „Wann sehen wir uns, um Details zu besprechen?"
„Noch heute." Sie sagt das, ohne sich über irgendetwas im Klaren zu sein. Auf seinen überraschten Blick antwortet sie mit Zeit und Ort eines möglichen Treffens. Und während sie das sagt, schnappt sie sich die Tasche und macht ein paar schnelle Schritte von ihm weg auf den Kanal zu. Er setzt zu einem Sprung an, bleibt jedoch wie angewurzelt stehen. Silvia steht breitbeinig am Ufer und schwenkt die Tasche wie ein Pendel. Beide können sich ausrechnen, dass er zu spät kommen würde. Er verbirgt die Erleichterung, als ihm einfällt, dass er die Kassette mit den kompromittierenden Aufzeichnungen in eine Tasche seines Sakkos gesteckt hat. Er könnte die Pistole aus dem Hosenbund ziehen und auf Silvia anlegen, niemand ist in der Nähe. Da lacht sie auf, stoppt das Pendel, geht mit fünf wiegenden Schritten auf ihn zu und stellt die Tasche vor ihm ab. „Pass auf dich auf", sagt sie, dreht sich um und geht weg.
Es klang nicht wie eine Drohung, denkt er. Vielmehr wie echte Sorge um jemanden, der einem nahesteht. Er sieht ihr nach, wie sie, ohne sich umzudrehen, die Stufen zur Kaistraße hochsteigt. Er wendet sich ab und der Richtung zu, aus der sie gekommen sind. Die Fassaden der Häuser

an den Uferstraßen oben leuchten im gesammelten Licht dieses Tages.

## 28.

**Der Zeitpunkt** rückt unaufhörlich näher. Eine vage Unruhe in ihr misst den Zerfall der Sekunden und Minuten, die sie von ihrem Auftritt trennen. Die Gewissheit, alles im Griff zu haben, die sie beim Laufen durch die Weinberge noch verspürt hat, und dann, später, diese Erleichterung, als sie mit diesem nicht mehr ganz jungen Studenten der Astrophysik geschlafen hat: All das löst sich langsam in Nichts auf, während die Premiere auf sie zukommt.

Sie verharrt in Unschlüssigkeit im Pfauensessel aus Rattan auf der Terrasse ihres Hauses. Von Zeit zu Zeit löst sie den Gummi von ihrem Haar, streicht mit den Fingern als Kamm alles zurück, bis der Haaransatz an den Schläfen schmerzt, und bindet sich mit dem Gummiring ein weiteres Mal ihren Pferdeschwanz. Neben ihr, auf einem kleinen, runden Tisch mit Marmorplatte, steht ein Glas Wein, an dem sie gelegentlich nippt. Sie sollte jetzt nicht trinken. Sie weiß, dass es ihrem Gedächtnis, auf das sie sich verlassen können muss, zusetzt. Ein paar Schlückchen nur, hat sie sich gesagt, um die aufkommende Nervosität zu dämpfen. Und dann hat sie immer noch diese Pillen, die ihr gegen Flugangst verschrieben wurden. Paradoxerweise lösen diese Dinger in ihr sogar ein Fluggefühl aus, das aber nichts mit dem Gefühl zu tun hat, jegliche Orientierung zu verlieren. Diese Pillen versetzen sie in einen sanften Gleitflug, bei dem sie, wenn sie will, mit den Fußspitzen jederzeit den Boden berühren kann. Sie wird zu einer Fee, die durch Zeit und Raum schwebt, nur um da und dort ein wenig am Glück des Daseins zu naschen.

Sie steht auf und eilt in die Küche, um nachzusehen, ob die Schachtel an ihrem Platz und hoffentlich nicht leer ist. Alles bestens! Ihre Nervosität fällt augenblicklich auf ein erträgliches Maß. Noch ist es zu früh für eine dieser Wunderkapseln. Sie ist froh, dass Franz bei der Fernsehaufzeichnung ihres neuen Programms dabei sein wird. Und sie – das muss sie sich eingestehen – kann es kaum erwarten, ihn wiederzusehen. Diesen Typen, der redet wie einer, der in einem Fass wohnt, dessen gewölbte Bretter mit Sternkarten und alten Büchern ausstaffiert sind. Alles an ihr – Haut, Hirn und Herz – ist durchdrungen von der Begegnung mit diesem Mann, der ihr im Moment wie die Lösung ihrer Neurosen und Rätsel erscheint. Er war wie Ton in ihren Händen. Als ob sie ihn vor langer Zeit verloren und nun wiedergefunden hätte, den Schlüssel zu ihrem dunkelsten, von Schmerzen gekrümmten Raum. Und siehe: Alles verstaubte Dinge da drin, direkt liebenswert in ihrer Überholtheit, Kleinigkeiten eigentlich, ganz persönliche Verhängnisse, die sich nur in der Dunkelheit ihres Bewusstseins in Monstrositäten verwandeln können.
Wie schön das Licht dieses Nachmittags doch ist! Nicht mehr diesig, wie noch zu Mittag, als die Häuser und Straßen unten unter der Hitze zu dampfen schienen und der Horizont verwischte. Nun überblickt sie den Großraum der Stadt bis zu den letzten Ausuferungen weit draußen. Es ist dieses Licht, das die Fotografen so lieben. Klarheit, Transparenz, sogar die Schatten zeichnen sich scharf ab. Sie sitzt nur da, schaut, nippt am Wein und genießt ihr neues Geheimnis, das ihr Lampenfieber auf ein erträgliches Maß senkt. Sie verwandelt sich in sich selbst.

# 29.

**Silvia** denkt an ihn, den anderen, während sie mit leicht gespreizten Beinen und geschlossenen Augen vor dem Spiegel im Bad steht, sich mit beiden Händen auf das Waschbecken stützt und die aufgekratzte Geilheit Berts über sich ergehen lässt. An den Kuss, den sie dem großen, unnahbaren Mann mit den tiefblauen Augen vor kurzem am Ufer des Donaukanals gegeben hat, und an die Bereitschaft, mit der dieser Kuss erwidert wurde. Bert braucht nicht lange, um sich zu erleichtern. Diese Kündigung scheint ihn ziemlich verwirrt zu haben. Er trinkt am Tag, gibt sich seinen Launen hin und ergreift schließlich noch die Initiative beim Sex, was auf eine tiefgehende Veränderung in seinem Wesen schließen lässt. Sie kennt doch ihren Bert.
Als sie nach Hause kam, fiel ihr gleich auf, dass da etwas anders war, als es hätte sein sollen. Der ganze Mann war wie ausgewechselt. Kennt sie ihn doch nicht, wie sie glaubt, ihn zu kennen? Vielleicht ist in ihrer Abwesenheit etwas passiert, das er vor ihr verheimlicht. Womöglich wackelt sein Entschluss, sich von Frau und Kind zu trennen, um mit ihr zu leben. Silvia beschließt, sich nicht anmerken zu lassen, dass sie etwas bemerkt, noch nicht, heute nicht mehr. Morgen können sie dann ja in Ruhe über alles reden.
Morgen ist auch noch ein Tag.
Wie übermorgen.
Und die Tage danach.
„Hast du die Karten?“ Sie fragt es aus der Zerstreuung heraus, mit der sie über diese Dinge nachdenkt, während sie sich fertig macht.

„Die hast *du* doch von Josef bekommen", kontert Bert, schaltet den Fernseher aus und begibt sich auf die Suche nach seinen Schuhen. „Der sie von seiner Ex hat. Ehrlich gesagt wundert es mich, dass sie ihm Freikarten zukommen lässt, so wie der sie behandelt hat, als sie noch ein Paar waren."
„Dafür rächt sie sich", sagt Silvia, spitzt vor dem Spiegel im Vorzimmer ihren Mund und trägt das Rot reifer Erdbeeren auf, „indem sie jede Woche einen andern Typen ins Lokal schleppt und vor seinen Augen anmacht."
„Das ist dem doch egal, der ist doch viel zu eitel, um sich davon irritieren zu lassen."
Silvia kontrolliert ihn. Sie zupft an der frisch gebundenen Krawatte, die er sich in der Firma vor Empörung vom Hals gerissen hat, eilt noch einmal ins Bad, nässt den Zipfel eines Handtuchs und putzt ihm etwas vom Ärmel seines Sakkos: Dreck, bestimmt ist er im Rausch irgendwo angestreift. Sie gehen. Bert schließt die Tür und sperrt ab, steckt ihr den Schlüssel zu. Er besitzt einen eigenen Schlüssel zu dieser Wohnung, benutzt ihn aber nie, weil er befürchtet, seine Frau könnte ihn entdecken, wenn er einmal unachtsam ist. Bald ist Schluss mit dem Lügen und Betrügen, denkt er in Silvias Rücken, während er, wie er in diesem Augenblick glaubt, zum letzten Mal die Stufen dieses alten Hauses hinabsteigt. Das Klackern ihrer Schritte flattert hoch bis in den letzten Stock.

## 30.

**Sogar jemand**, der nicht wüsste, wo genau was geschehen wird, wäre rechtzeitig zur Aufführung am richtigen Ort, würde er ganz einfach den vielen Passanten folgen, die aus verschiedenen Richtungen kommen und sich auf das Theater zubewegen. Eine in der Tradition weniger dem Establishment als den Leuten verpflichtete Bühne mit dem Anspruch, den fragwürdigen Zeichen der Zeit auf den kariösen Zahn zu fühlen. Wurzelbehandlungen. Bohrungen. Extraktionen. Eine Lücke ist mitunter zweifellos etwas sehr Schönes.

Rosa und Ruth, die wiederentdeckte Freundin von früher, atmen auf, als sie endlich über die Treppen ins Freie gelangen. Der Waggon war überfüllt und voll stickiger Luft, doch selbst draußen stellt sich die erhoffte Erleichterung nicht ein. Sie haben sich zufällig getroffen, in der U-Bahn, eigentlich waren sie ja im Foyer des Theaters verabredet. Das Licht des Tages schwindet, die Hitze jedoch hängt noch zwischen den Häusern, in den Gassen, Straßen und über den Plätzen. Wie ein Narkotikum. Manche riechen nach Schweiß, obwohl sie bestimmt geduscht und sich parfümiert haben, bevor sie ausgegangen sind.

Rosa wischt sich mit einem lila Taschentuch aus Stoff über die Stirn. Ruth hört nicht auf, von den guten alten Zeiten zu reden, und davon, dass es einfach blöd war, sich nie mehr zu treffen. Eine Familie sei eine Familie, wer möchte das bezweifeln, aber eine Freundschaft sei halt eine Freundschaft. Zwei ganz unterschiedliche Dinge, ein jedes unersetzlich auf seine Art. Rosa hat dieses Thema angeschnitten, diskreter aber, als sie es noch am Nachmittag vorgehabt hat. Der *Fall*, auf den sie sich im Gespräch bezog, hatte jedoch nur mehr den Umständen nach mit ihrer eigenen Ehe zu tun, mit Bert und Boris. Seit sie die SMS bekommen und dieses erlösende Telefonat mit ihrem Mann geführt hat, betrachtet sie einiges wieder aus einer distanzierten Perspektive. Sie sieht einfach keinen Sinn mehr darin, eine Frau, die sie seit Jahren nicht gesehen hat, in ihr ganz persönliches Fiasko einzuweihen. Außerdem spricht es sich kühner, wenn die intimen Verhältnisse ins Allgemeine transponiert werden. Wo bliebe denn sonst der Witz der Sache?

Ausgemacht war, dass Josef sie mit dem Auto abholt. Er hat sich jedoch kurzfristig entschuldigt, weil er noch etwas erledigen müsse. Seine Stimme am Handy war anders als sonst, nicht so jovial und selbstsicher, sondern gestresst und hektisch und voll unterschwelliger Aggressionen. Sie hat ihn gefragt, mit der zerstreuten Routine einer Exfreundin, ob er Probleme habe. Aber Josef hat nur gelacht und gesagt, er werde schon mit allem fertig, und zwar auf seine, Josefs, Art. Sie hat sich nur gewundert und seine kryptische Antwort und Unzuverlässigkeit als Reaktion auf ihr Mittagessen verbucht, wo sie sich vor seinen Augen mit Franz vergnügt hat. Männer tun sich oft schwer, zuzugeben, dass ihnen etwas zusetzt. Lieber lassen sie den Macho, Witzbold oder Ahnungslosen heraushängen.
Auf der langen Taxifahrt zum *Rabenhof* versenkt sie sich in ihre Rolle. Je näher sie jedoch dem Theater kommen, desto mehr vom Lampenfieber, das sie bereits unter Kontrolle hatte, kommt wieder hoch. Der Taxifahrer beobachtet sie über den Rückspiegel und runzelt besorgt die Stirn.

Zum Glück lässt er sie in Ruhe, denn über irgendetwas oder gar sich selbst zu reden, könnte ihr im Moment den Rest geben. Franz ist nur noch ein schöner Gedanke, aber kein starkes Gefühl mehr, das ihr helfen könnte, diese Nervosität zu bewältigen. Sie beobachtet den Abendverkehr und wünscht sich einen Unfall. Nichts Katastrophales. Kein Blut, keinen Krankenwagen mit Blaulicht und Sirene, einen kleinen Auffahrunfall nur, der ihr den Nacken verstauchen würde, sodass sie nicht mehr auftreten könnte.
Nicht auftreten müssen!
Niemand tut ihr den Gefallen und fährt in das Taxi hinein. Der Fahrer kurvt souverän und bedächtig durch die Straßen. Einer, der wahrscheinlich noch nie einen Unfall gebaut hat, denkt sie mit Abscheu und diesem bleiernen Geschmack im Mund, der diese Zustände gewöhnlich begleitet. Als sie sich dem Theater auf ein paar hundert Meter nähern – erste Passanten tauchen auf, die bestimmt im Publikum sein würden –, hält sie es nicht länger aus. Sie greift in ihre Handtasche nach der Schachtel mit den Pillen, die sie auf die Kücheninsel gelegt hat, um sie ja nicht zu vergessen. Wo sie immer hinlegt, was sie braucht, wenn sie in die Stadt hinunter fährt: Schlüssel, Handy, Geldtasche, *die profane Dreifaltigkeit*, wie sie das in einem Programm genannt hat. Früher war immer auch eine Packung Zigaretten dabei, zwei sogar, wenn sie vorhatte, länger auszubleiben. Eine Zigarette würde jetzt Brechreiz verursachen, eine dieser Kapseln aber könnte sie in diesen Schwebezustand versetzen, in dem noch das Schwere ganz leicht erscheint. Ihre Finger wühlen in der Tasche, prüfen alle Dinge in Sekundenschnelle, immer wieder, aber ein Ding in Form dieser Schachtel ist nicht dabei. Sie reißt die Tasche auf, tastet mit hastigen Fingern über den Inhalt,

kann aber nicht viel erkennen. Dutzende Sächelchen, die sich in der Handtasche einer Frau ablagern, diese verdammte, rechteckige Pillenschachtel will sich aber einfach nicht zeigen. Panik bricht in ihr aus. Der Fahrer, damit beschäftigt, auf die Fußgänger zu achten, die nun schon zu zweit oder dritt auf der Straße gehen, bemerkt nicht, dass sie ihre Tasche umstülpt und den ganzen Inhalt auf seinen Rücksitz entleert: Nagelfeilen, Eye-Liner, Münzen, Kondome, Lippenstifte ... Nichts! Keine Schachtel. Nicht einmal eine dieser Baldriantabletten, die sie nimmt, wenn sie ihre Periode hat. Mit zittrigen Fingern schaufelt sie alles in die Tasche zurück.

„Wir sind da", sagt der Fahrer, knipst das Licht über dem Rückspiegel an und schreibt eine Rechnung, unaufgefordert.

Sie zahlt, gibt ein viel zu hohes Trinkgeld und steigt mit weichen Knien aus. Als wäre sie seekrank. Die Autotür lässt sie offen. Nicht, weil sie vergisst, sie zu schließen, sondern weil sie den Klang der zufallenden Tür nicht hören will. Die Endgültigkeit, die in diesem Geräusch liegt, könnte sie in diesem Moment nur schwer ertragen. Die Atmung! Sie muss ihre Atmung in den Griff kriegen. Sie hat fast den ganzen Text vergessen, kann sich aber mit Mühe an das erinnern, was sie in Yoga-Seminaren über das Atmen gelernt hat. Sie klammert sich an diesen Gedanken: Ihre Erfahrung, die gewissenhaften Proben, die richtige Atmung. Sie spürt, wie sie ruhiger wird. Als der Intendant mit ausgebreiteten Armen auf sie zukommt, gelingt es ihr bereits, sich ein vages Lächeln abzutrotzen. Hinter dem Rücken des korpulenten, sympathischen Mannes mit der Sturmfrisur, dessen herzliche Umarmung sie beschützt, schaut sie sich verstohlen nach ihrem Studenten um.

Der Saal füllt sich wie im Zeitraffer. Jedes Mal, wenn Franz einen Blick ins Auditorium wirft, um einzuschätzen, ob die Kameras gut positioniert sind, hat sich das Publikum überraschend vermehrt. Es breitet sich fast sprunghaft und nach kaum vorhersehbaren Mustern aus. Wie ein Ausschlag, ein Pilz, Metastasen, die von den im Halbrund angeordneten Stühlen Besitz ergreifen und nach und nach alles überwuchern. So kommt es ihm jedenfalls vor, wenn er seine Aufmerksamkeit frei schweifen lässt, ohne sich richtig zu konzentrieren. Hätte er das Angebot der Kameraleute, backstage ein paar Mal an ihrem Joint zu ziehen, doch lieber ausschlagen sollen? Immerhin kennt er sie gut genug, um zu wissen, welche Dinger die rauchen und was sie vertragen. Bleibt ihm nur, sich einfach gehenzulassen und zu hoffen, dass alles so abläuft, wie es sein soll. Je mehr man sich gegen die Einflüsse einer Droge wehrt, desto unberechenbarer kann die Wirkung sein. Einmal hat er gesehen, wie sich die Menschen in seiner Umgebung in Tiere verwandelten, die wiederum aus Teilen verschiedener Tiere bestanden. Minotauren. Basilisken. Seedrachen. Einhörner ... Diese wilden Jahre hat er zum Glück ganz gut überstanden. Indem er seinen Blick ins Publikum schärft, versucht er, jemanden zu erkennen. Wenn er sich nicht täuscht, sucht da gerade ein Paar nach seinen Plätzen, das er vor Stunden in diesem Restaurant gesehen hat. Sie wirkt nun etwas zerstreut, und der Kerl, der ganz schön einen sitzen hatte, scheint sich mittlerweile bestens erholt zu haben.
Soll er, bevor es losgeht, noch die Künstlerin in ihrer Kammer in den Katakomben des Theaters aufsuchen? Aber er erinnert sich, was sie ihm über ihre letzten Minuten vor einem Auftritt gesagt hat: Dass sie nämlich fast Blut schwitze

und niemanden in ihrer Nähe ertrage, besonders die nicht, die ihr nahestehen. Steht er ihr nahe? Sie kennen sich noch keinen ganzen Tag. Sein Gefühl sagt ja, doch sein Verstand legt ein Veto ein. Im Moment genügt allein die Vorstellung, sie nachher noch zu treffen, um die Metastasen der anonymen Menge im Saal in etwas Gutartiges zu verwandeln.

Was für ein fremder, abweisender, feindlicher Ort.
Nachdem sie sich mit Küsschen hier, Küsschen da durch das Spalier mehr oder weniger bekannter Leute laviert hat, mit weichen Knien und der Furcht vor spontanen Berührungen, sinkt sie mit einem allem geltenden Seufzen in den Bürodrehstuhl vor dem Schminktisch und dem ovalen Spiegel, den Glühbirnen rahmen. Sie riskiert einen Blick in den Spiegel, während sie sich fragt, was sie eigentlich hier zu suchen hat. In dieser Stadt zu dieser Zeit in genau diesem Theater? Wie fein wäre es doch, sich draußen im Saal in einen der Sitze zu kuscheln und nur darauf zu warten, dass etwas passiert. Und wie schön wäre es, sich bedienen zu lassen, statt die Menge zum Lachen bringen zu müssen. Was, wenn die meisten zu erschöpft sind, um sich von ihr und ihren Pointen verführen zu lassen? Nach einem harten Tag im Inneren der Krise. In der Arbeit, die nicht mehr sicher ist, der Familie, die womöglich zerfällt, in sich selbst schließlich, wo es auch bald kein Versteck mehr geben wird, das vor den infamen Fingern voyeuristischer Anteilnahme sicher ist.
Sie rückt näher heran, um sich besser sehen zu können, bündelt ihr Haar im Nacken, zieht es fest und beugt sich ins schamlose Licht, um sich zu schminken. Sich ganz auf etwas zu konzentrieren, lenkt sie von den Möglichkeiten des

Versagens ab. Bevor sie damit beginnt, Schminke aufzutragen, betrachtet sie ihr blasses Gesicht im Spiegel, sucht mit unruhigen Augen nach einem Zeichen, das sie erst erkennen wird, wenn sie es entdeckt. Nein, keine Falten und andere Indizien des Alterns, schlaffe Haut oder Härchen, sondern ... Sie weiß nicht, wonach sie sucht, wenn sie sich derart eindringlich mustert. Vielleicht versucht sie in jene Zone vorzudringen, wo ihr Bestes unter Verschluss gehalten wird. Um den Weg frei zu machen. Damit ihre Kreativität einen Ausweg – den Notausgang – findet, die richtige Spur aufnimmt und ihr durch die dunklen Gänge mit den fleckigen Wänden und Schatten folgt, bis in den gleißenden Lichtkegel hinein, der sie über die Bühne tragen wird. Dieses Licht, wie von einem göttlichen Auge in die Finsternis der Welt geworfen.

Wie hat er das am Nachmittag ausgedrückt? Licht aus der Vergangenheit, das die Zukunft erschafft. Der kosmische Ereignishorizont. Die Gewissheit, dass Franz irgendwo da oben in diesem Gebäude ist, um die Aufzeichnungen für das Fernsehen zu koordinieren, gibt ihr mit einem Mal jede Einzelheit ihres Textes zurück. Das ganze Programm, das total abgestürzt war, ist auf einmal wieder da, sie kann jederzeit darauf zugreifen. Sie erschauert und schüttelt den Rest Kälte ab, der auf ihrer Haut liegt wie Frost. Je makelloser die Maske, die auf ihrem Gesicht Gestalt annimmt, desto vollkommener die Verwandlung dahinter. *Werde die, die du bist.* Und wenn schon! Dann lass sie eben deinen echten Schmerz in ihr falsches Lachen verwandeln.

Sie rückt vom Spiegel ab, um einen letzten ganzheitlichen Blick darauf zu werfen. Im selben Moment beginnt die Signalbirne in der Mitte oben zu blinken. Sie muss jetzt durch das Labyrinth der dunklen Gänge und auf die Bühne hinaus.

Im Rhythmus dieses Blinkens verändert sich ihr Gesicht im Spiegel, pulsiert wie ein Vexierbild in den verspielten Händen eines trotzigen Mädchens. An der Tür knipst sie, ohne innezuhalten, das Licht aus. Nur mehr diese rote Glühbirne blinkt weiter. Rasch lässt sie die Garderobe hinter sich.

# 31.

**Er streunt ziellos** durch die Stadt. Von Zeit zu Zeit bewegt er die verletzte Schulter und ballt die Faust. Der Schmerz lässt nach, die gewohnte Geschmeidigkeit stellt sich wieder ein. Hin und wieder stellt er sich in eine Passage, setzt die Tasche ab, schaut sich um und raucht eine Zigarette.
Die Stadt ist ein riesiges Labyrinth, in dem er sich verlieren kann. Im Gegensatz zum geschlossenen Labyrinth der Haftanstalt kann er hier abtauchen und wieder auftauchen, wie es ihm gefällt. Er hofft, auf diese Weise Absichten, über die er nur Vermutungen anstellen kann, zu durchkreuzen, präventiv. Wieder einmal wird ihm klar, dass genau das die treibende Kraft in seinem Leben ist: Flucht. Nicht Angriff. Keine Offensive, aber eine fortwährendes, in sich kreisendes Entkommen. Er weiß nicht, wovor, und er hat keine Ahnung, wohin ihn das führt. Spürt nur, wie sich diese ihm eigene Müdigkeit immer mehr in ihm ausbreitet. Eine tiefe Erschöpfung, die aber kaum mit der Hitze und den Ereignissen dieses Tages zu tun hat. Ein Feuer, das ihn verzehrt. Sind seine Taten nichts als die Zuckungen eines Mannes, der vor irgendetwas davonläuft, um dieses Feuer abzuschütteln?
Wozu überhaupt hier bleiben?
Er verschluckt sich am Bier, als er das denkt. Hustet und lacht und prustet, bis ihm jemand ein paar Mal mit der flachen Hand auf den Rücken klopft, um ihn zu erleichtern. Er sitzt an einem kleinen Tisch, genau zwischen den stark befahrenen, vielspurigen Gürtelstraßen: rauchend, trinkend,grübelnd. Fast hätte er diese Hilfe als Angriff auf

seine Person interpretiert und sich zur Wehr gesetzt. Irgendetwas aber ließ ihn zögern, und als er sich umdrehte, blickte er in das offene Gesicht eines Jugendlichen mit langen, blonden Haaren und einer randlosen Brille.

Mit dem Geld der Mutter könnte er eine Zeitlang ganz untertauchen. Nicht hier, in diesem Land, anderswo, an einem der Strände Thailands zum Beispiel. Oder in Barcelona, wo er schon immer einmal hinwollte. Er könnte sich im Bernabeu-Stadion jede Woche ein Spiel seines Lieblingsklubs ansehen und jeden Abend Crème Caramel mit Schlagobers und Walnüssen essen. Silvia würde das mit seinem Anteil inzwischen regeln, Josef könnte zur Vernunft kommen und Wanda vielleicht sogar lange genug auf ihn warten. Seinem Bewährungshelfer würde er schon irgendwie klarmachen, dass er diese Zeit für sich braucht. Wenn er so weitermacht wie an diesem ersten Tag in Freiheit, landet er bald wieder, wo er viel zu lange war. Das würde nur all denen Recht geben, die es immer schon besser gewusst haben. Er ahnt das, und er denkt darüber nach, umtost vom späten Stoßverkehr des Freitagabends. Umgeben von jungen Leuten, die darauf warten, dass endlich das Konzert beginnt. Drinnen, im *Chelsea*, wo im Licht einer kleinen Bühne funkelnde Instrumente auf ihre Musiker warten.

## 32.

**Die meisten Leute** kommen nur, um zu lachen. Genau das denkt sie, als sie vom Lichtkegel eines Scheinwerfers aus der Dunkelheit geschnitten wird. Das Spiel beginnt. Was bei den Proben noch nicht ganz perfekt war, fliegt ihr nun zu. Schon bei den ersten Sätzen weicht ihre Nervosität dem Gefühl, wieder alles im Griff zu haben: Ihren Text, ihre Stimme, ihre Bewegungen und, das bereitet ihr sogar Zweifel, vor allem ihr Publikum. Sie sind da, um sich zu amüsieren, um sich von ihr zum Lachen bringen zu lassen. Wenn es gut läuft, kann sie nebenbei sogar Überlegungen anstellen.

Sie darf es dem Publikum nur nicht *zu* leicht machen, über jede Kleinigkeit zu lachen. Schließlich liebt sie die tragischen Intervalle zwischen zwei Pointen, die Ruhe im Saal, wenn auch sie eine Pause einlegt, um erst weiterzumachen, wenn diese Stille vollkommen und noch das letzte Hüsteln verstummt ist. Sie wird Tonlagen und Bewegungen vermeiden, die ein voreiliges Gelächter provozieren könnten, und sie wird ihre Pointen so trocken platzieren, dass manche überhaupt nicht wissen, ob sie schon lachen dürfen. Ob sie bereits aufgefordert sind, in das erlösende Lachen auszubrechen. Diejenigen, die sich beim kleinsten Wink von ihr in ein animalisches Gebrüll übergeben, müssen dermaßen irritiert werden, dass sie sich erst zu lachen trauen, wenn sie hören und sehen, wie sich allmählich das Lachen der anderen löst. Erstaunen, Verblüffen und Entsetzen müssen so groß sein, dass auf jeden Höhepunkt zunächst nichts als Schweigen folgt.

Denn in diesem Schweigen erst formiert sich der Widerstand als ein unwiderstehlicher Drang, über sich, Gott, die Welt und schließlich den ganzen Kosmos zu lachen. Während sie das alles denkt, auf einem Nebenschauplatz ihres Bewusstseins, spielt sie genau so, wie sie es sich vorgenommen hat: streng, ohne Entgegenkommen oder Larmoyanz, artifiziell und artistisch. Fast wie Buster Keaton. Ein wenig wie Charlie Chaplin. Vielleicht eher wie Charlie Rivel. Das Publikum sieht und hört es, schämt sich seiner Bereitschaft zur voreiligen Schadenfreude und vergisst ganz, den üblichen Hohn in sein Gelächter zu mischen. Franz, versteckt in den schwarzen Bahnen der Bühne schräg hinter ihr, erlebt es aus der Nähe. Er ist berührt und hingerissen. Was für eine Künstlerin! Nie hätte er ihr zugetraut, dass sie sich derart mit dem Publikum anlegt, indem sie die Routine ihres Handwerks entlarvt und dem Zweifel preisgibt. Sie provoziert Bestürzung, wo billige Lacher zu ernten wären, indem sie bleiben lässt, was doch bisher immer gut funktioniert hat. Sie verzichtet auf bewährte Tricks und erfindet sich von Sekunde zu Sekunde neu. Anders. Verletzlicher. Tiefer. Franz ist nah genug an ihr dran, um zu erkennen, dass er keineswegs nur Zeuge einer waghalsigen Inszenierung, sondern einer hochartifiziellen Verwandlung ist. Sie setzt sich selbst aufs Spiel, wer und was sie ist und wofür sie geschätzt, geliebt und schließlich auch bezahlt wird. Was er von seinem Schlupfwinkel aus zu sehen bekommt, gefällt ihm mehr als alles, was er auf den Videos gesehen hat, die er von der Chefin bekommen hat, um sich auf das Interview vorzubereiten. Keine abgeschmackten Witze, Blödeleien, kein öder Schmäh, keinerlei den Erwartungen des Publikums vorauseilender Gehorsam, kein falsches Entgegenkommen, aber eine Performance von überraschender Intelligenz, Kunstsinnigkeit und Integrität. Er muss sich zwingen, den Blick von ihr – dieser einsamen, zauberhaften, androgynen Figur – zu lösen, um zu schauen, wie das Publikum aufnimmt, was da vor aller Augen geschieht. Manche werden unruhig, weil sich ihre Erwartungen nicht erfüllen oder sie ganz einfach nicht bekommen, was sie gekauft haben. Andere verfolgen die Frau auf der Bühne mit skeptischen Mienen und scheinen darauf zu warten, dass etwas passiert, während es aber doch gerade jetzt und vor ihren Augen geschieht. Viele aber sitzen einfach nur da, mit offenem Mund, und staunen. Manchmal erinnern sie sich an etwas und lachen, applaudieren beinah, ohne es zu wollen, einfach so, wenn sie erkennen, dass sie es selbst sind, über die am Ende gelacht werden muss. Da gibt es Szenen, Pointen, dermaßen mehrdeutig, dass einige gar nicht wissen, ob sie lachen oder schluchzen sollen. Hier und da Tränen, die sich der Lust oder dem Schmerz oder beidem verdanken. Franz beobachtet alles mit der Unruhe dessen, der ahnt, dass sein Leben, das zurzeit ohnehin turbulent genug ist, vollends aus den Fugen geraten könnte, wenn er ... In diesem Moment setzt sie mit einer von jeder Berechenbarkeit befreiten Geste ein Wort auf die Spitze einer Überlegung, ein einziges Wort nur, ein kleines, unendlich leichtes Wort – wie einen Tonarm auf eine schwarze, sich drehende, glänzende Platte ... „Platzregen". *Platzregen?* Ja, richtig gehört: Platzregen. Genau jenes Wort, das die Pyramide der Erwartungen, die sie aufgebaut hat, zum Einstürzen bringt.

„Wie schön alles einstürzt!" So ähnlich Alexis Sorbas zu seinem Freund, dem Dichter, als die Seilbahn die sie gebaut haben, in sich zusammenkracht, erinnert Franz sich:

Bevor die beiden dann, vor den Trümmern ihrer Existenz, in ein geradezu kosmisches Gelächter ausbrechen. Und während im Publikum ein Lachen aufkeimt, zögerlich zunächst, fast verschämt, dann stärker, vielstimmiger und geräuschvoller, sieht Franz – der einen Blick von ihr erhascht, als sie vor diesem Feedback kurz den Kopf abwendet –, was auch sie in diesem Augenblick sehen muss: Flammen, die allerorts hervorzüngeln. Unter den Sitzen, aus den Tapeten, vom Rand der Rampe, aus den zum Lachen geöffneten Mündern und Augen des Publikums, aus den Lichtern im Saal ...

Zweihundert Kilometer weiter südlich vergisst eine junge Kontrolleurin der Grazer Verkehrsbetriebe zum ersten Mal an diesem Tag, was der Mann, nach dem inzwischen gefahndet wird, am frühen Morgen, als der Tag noch viel versprach, ihrem Kollegen angetan hat. Sie lacht über irgendeine Bemerkung ihres Freundes, der vor dem Fernseher sitzt, während sie sich das Haar richtet, damit sie endlich ausgehen können, um ihre Verlobung zu feiern. Noch immer spürt sie die ihr von dem Fremden aufgezwungene Umarmung an sich wie einen Makel: Schmutz, der sich nicht abwaschen lässt. Mit dem Lachen ihres Zukünftigen aber, der in ihres einstimmt, verfliegt diese Beklemmung. Sie schaut in den Spiegel und sieht, dass alles gut ist.

Am anderen Ende dieser Stadt sitzt eine alte Frau, die am Star leidet, in der Küche, mit einer Lupe in der zittrigen Hand über Fotos gebeugt. Sie denkt an den Besuch ihres Sohnes und studiert Fotografien, die ihn zeigen: Ihn, seinen Vater und sie selbst. Sie vergleicht, was sie sieht, mit dem Mann, der aus dem Sohn geworden ist. Nein, kein

Mörder, das war doch ein Unfall damals. Daran glaubt sie fest. Ein Entführer aber, Erpresser, Gewalttäter und Dieb, der seine Mutter um ihre Ersparnisse bringt, nachdem er sie jahrelang nicht gesehen hat. Die Schatulle mit dem Rest vom Geld steht neben den Fotos auf dem Küchentisch. Mehr als der Verlust des Geldes schmerzt sie, dass auch die Hand des Gekreuzigten fehlt. Wenn sie sich aber vorstellt, dass diese Hand ihm hilft, wie ein Talisman, zeichnet sich ein Lächeln in den Runzeln ihres Gesichtes ab. Sie lächelt und lächelt und vergisst ganz, was in ihrem und im Leben ihres Sohnes alles schiefgegangen ist.

Im selben Moment geht vor dem Fenster des Krankenzimmers Nummer 4 in einem Wiener Spital der Mond auf, und ein Mädchen in Gips und Bandagen, die den kahl rasierten Kopf umspannen, schlägt langsam die Augen auf. Sie registriert die Schläuche, die in ihren Körper führen und die monotonen Geräusche der elektronischen Geräte über sich, zieht sich mit dem gesunden Bein das Leintuch von der Brust und sieht das Kettchen mit dem Anhänger, von dem sie gerade geträumt hat. Sie denkt an den Mann, der es ihr gebracht hat, das muss vor langer Zeit gewesen sein. Und noch viel länger ist es her, dass sie gefallen ist, leicht wie eine Feder, aus einem anderen Leben in dieses hier. Doch derselbe Mond steht vor dem Fenster draußen zwischen zwei Hochhäusern. Trotz der Schmerzen, die es ihr bereitet, verzieht sich ihr Mund zu einem Schmunzeln. Derselbe Mond? Er ist zweifellos nicht mehr ganz rund, oben rechts erscheint er ein wenig abgeflacht. Sie kichert in sich hinein, als sie denkt, dass sie in Zukunft wohl mit einem Mond leben muss, der nicht ganz perfekt ist. Die Venus, ihr Abendstern, ein weißer Spot am tiefdunkelblauen Himmel, pulsiert und blinkt. Ein Zwinkern wie aus ihrem alten Leben, aber kein SOS, sondern ein Ciao, mach´s gut, wir sehen uns noch.

Anderswo in dieser Stadt schaut Josef immer wieder nach der großen Uhr, die über der Schank seines Restaurants hängt und die Minuten wegtickt. Eine alte Bahnhofsuhr vom Gare de Lyon, die er im Dorotheum ersteigert hat. Er sollte längst zur Premiere im *Rabenhof* unterwegs sein, bringt es aber kaum über sich, sein Geschäft allein zu lassen. Wenn er nicht da ist, beschleicht ihn das Gefühl, von seinen Angestellten betrogen zu werden. Ist die Katze erst aus dem Haus, feiern die Mäuse Kirtag! Die Küche eines Restaurants ist doch *der* Ort, um eine Party, ja eine Orgie steigen zu lassen, sobald der Chef weg ist: Köstlichkeiten und edle Tropfen im Überfluss, und während sich die Gäste draußen mit Disziplin dem Genuss widmen, feiert die Belegschaft in der Küche auf Teufel-komm-raus: Kaviar, Koks auf der Arbeitsplatte, Sex am Herd und Laissez-Faire in jeder Hinsicht. Er kennt das schließlich aus der Zeit, als er selbst noch mit seiner Chefkochjacke und einem Satz Messer von einem Fresstempel zum nächsten gezogen ist, um so viel wie möglich zu lernen. Widerwillig holt er sein Handy heraus, als es läutet. Keine Nachrichten sind gute Nachrichten! So ein Tag ist das, denkt er, während er mit sich verdüsternder Miene ins Telefon horcht, um schließlich in ein grimmiges Gelächter auszubrechen. Der Bekannte eines Bekannten liegt im Allgemeinen Krankenhaus, mit einem Schädelbruch, eingeschlagenen Zähnen und acht gebrochenen Fingern. Josef lacht, bis er sich verschluckt, zu husten beginnt und nach Luft ringt. Er muss hier weg. Sollen die doch alle machen, was sie wollen!

Die Atmosphäre im *Chelsea* ist verhangen. Rauch, jede Menge Gerüche und diese Musik liegen in der Luft. Als hätte jemand die Hitze des Tages komprimiert und in das kellerartige Gewölbe gepresst. Die Band legt sich ins Zeug. Zwei Frauen und drei Männer aus der amerikanischen Provinz, Lieder über die Ekliptik der Welt und des Lebens. Ein Sound wie aus der Kantine eines Shuttles, das seinen Weg durch die mit Abfall vermüllte Umlaufbahn der Erde sucht. Dazwischen Erdaufgänge, auf einer kosmischen Bühne, auf der Gott nur mehr ein Statist ist.
Ein Typ im hellblauen Anzug steht in einer Ecke im Hintergrund, einen Fuß auf seiner Sporttasche. Er raucht und lässt sich von der Musik entführen. Mit seinem Hauptschulenglisch versteht er kaum die Hälfte der Texte, genug aber, um mit auf diese Reise zu gehen. Zum ersten Mal seit langem lässt er allen Ballast hinter sich und hebt ab in die Schwerelosigkeit. Er verlässt seine determinierte Bahn und nimmt Kurs auf alle möglichen Welten. Hier fühlt er sich sicher wie nie zuvor. Keine misstrauischen Blicke mehr in die Runde. Die jungen Leute, so dicht gedrängt, dass er sich eigentlich Luft verschaffen müsste, akzeptieren, dass er diesen Ausflug mit ihnen macht. Fragen weder nach seinem Namen, Vorleben oder sonst was, lassen ihn dabei sein, einfach so. In einem zeitlosen Augenblick überkommt ihn eine Art Dankbarkeit, und er verliert eine Träne. Eine einzige, kleine, heiße Träne nur. Er schämt sich nicht. Leckt sie von den Lippen und kostet ihren seltsamen Geschmack. Befreit von der Gravitation seines Lebens, spürt er etwas vollkommen Fremdes. Dies könnte etwas wie Glück sein. Nie war ihm klar, was dieses Wort eigentlich bedeutet. Das sind seine Geschichten, die da vorne gesungen werden, zweifellos. Würde er Franz

kennen, der zur selben Zeit im *Rabenhof* hinter der Bühne steht, könnte er ihm irgendwo in diesen Songs begegnen.

Während sie tut, was sie tun muss, und spielt, wie sie noch nie gespielt hat, kommt ihr kaum in den Sinn, ob dem Publikum gefällt, was sie macht. Von einem bestimmten Punkt ihres Bewusstseins aus kann sie sich selbst sehen: Ihre dunkle Gestalt im Licht, Bewegungen, fremd wie von einer anderen Person, und diese Einsamkeit, allein auf der großen Bühne. Sie ahnt nicht, was sich im Saal zusammenbraut, so tief steckt sie in ihrer Rolle drin. Das schönste Versteck, das sie jemals gefunden hat. Eines, in dem sie sich selbst begegnet wie einer Fremden, die sie beobachten und mit der sie reden kann. Jemand, den sie endlich verstehen, annehmen und lieben kann. Der Seitenblick von Franz, den sie aufgefangen hat wie einen Strauß Blumen, während ihr applaudiert wurde, ist ihr bis in ihr Versteck hinein gefolgt. Und dann dieses Kribbeln im Bauch, als sie diesen Blick erwidert, um das Geheimnis mit ihm zu teilen.
Ihre Zeit ist abgelaufen, das Programm zu Ende. Was tatsächlich fast zwei Stunden gedauert hat, war für sie nichts als ein unberechenbar langer Moment. *Verspielte Uhren gehen langsamer,* das wird sie Franz später sagen müssen, denkt sie erleichtert, während sie sich verbeugt, um einen nur zögerlich in Gang kommenden Applaus entgegenzunehmen. Hier und da auch Pfiffe und Buhrufe, die sich aber nicht durchsetzen, weil plötzlich ganze Gruppen von Begeisterten aufspringen und den Beifall verstärken. In diesem Moment entdeckt Rosa in der Diagonale des Saals Bert, der seinen linken Arm um eine Frau legt, die sie bestimmt noch nie gesehen hat, nicht einmal in ihrer Einbildung.

Am Höhepunkt des Jubels ein letzter Diener, nicht zu tief, nicht allzu devot, dann macht sie kehrt und geht langsam ab. Der Erfolg trägt sie hinaus, eine warme, sanfte Welle, die ihre Knöchel umspült und ihren Schritten eine zauberhafte Leichtigkeit verleiht. So könnte sie bis ans Ende von allem gehen, ohne müde zu werden.

## 33.

**Den Sound** vom Konzert im Kopf, schlägt er eine Richtung ein. Er genießt es, sich zu bewegen, nachdem er so lange auf einem Fleck gestanden ist. Plötzlich kommt eine kühle Brise auf. Er spürt die Fläche seines Gesichts, wenn er es in den Wind hält. Drei Zugaben haben sie gespielt, und er ist da gestanden bis zum Schluss. Weil ihn diese Band auf ihre Reise mitgenommen hat: Ein Trip in die Schwerelosigkeit des Alls. An dem Ort, wo er jahrelang festgehalten wurde, war er unablässig in Bewegung. Bis in den unruhigen Schlaf hinein. Eine tiefe Unruhe hat ihn auf kleinstem Raum in die Enge getrieben. Dieser Knoten löste sich nur, wenn er in Gedanken darüber versank, was er vorhatte. Und zuletzt für Momente in der Meditation mit einem Mithäftling. Er muss alles daransetzen, denkt er, um diesen Tag und sein Vorhaben zu einem guten Ende zu bringen.

Diese Musik hat ihn spüren lassen, dass Gewalt nichts löst, sondern nur noch mehr Probleme schafft. „Du weißt und kannst das", murmelt er in den angenehm kühlen Wind, „du kannst Wut und Gewalt durch etwas anderes ersetzen." Es gibt Lösungen für alles Mögliche. Er muss sie nur finden, erkennen und zulassen. Der Wind kommt jetzt in Böen. Er durchzieht die Hitze der Nacht wie kühle Strömungen ein warmes, stehendes Gewässer. Im Gehen wird ihm klar, dass er, seit er draußen ist, einiges getan hat, um dafür zu sorgen, dass es nicht lange so bleibt. Er hält kurz, um eine Zigarette anzurauchen. Der Wind löscht die Flamme immer wieder aus, bis er sie in der hohlen Hand

versteckt. Er setzt seinen Weg fort, von dem er denkt, dass er ihn in die Nähe des Ortes bringt, den er mit Silvia vereinbart hat.
Beim Überfall am Klo des Wirtshauses hat er sich bloß verteidigt. Dem auch noch die Finger zu brechen, wäre sicher nicht nötig gewesen, er weiß das. Eine rein pädagogische Maßnahme und deshalb, im Nachhinein betrachtet, überflüssig und sinnlos. Sicher, er wollte ihm eine Lektion erteilen. Da aber jeder anders tickt, zielen solche Aktionen meist am Kern der Sache vorbei. Scheiß drauf! Von diesem Vorfall gibt es jedenfalls keine direkte Verbindung zu ihm selbst. Es sei denn, Josef versucht ihn ein weiteres Mal hereinzulegen und verpfeift ihn. Anonym natürlich. Denn mit dem Täter von damals in Beziehung gebracht zu werden, könnte auch für Josef gefährlich werden. Mit einem Einzeltäter, dem man nie so recht geglaubt hat, dass er allein war. Wenn er nur den Kontrolleur heute am Morgen nicht so zugerichtet hätte ... Mit einem sehr guten Anwalt ließe sich das vielleicht noch einmal bereinigen. Dass er die Mutter ein weiteres Mal enttäuscht, hält er für kein gutes Omen.
Er bezweifelt schon, in der richtigen Richtung unterwegs zu sein, da taucht der Donaukanal vor ihm auf. Dunkel, träge, wie undurchdringlich. Das Wasser reflektiert die Lichter von den Laternen der Uferstraße. Wenn er zum Ufer hinabsteigt und mit der Strömung geht, müsste er an den Rand des zweiten Bezirks gelangen.

Nach einer mehrdeutigen Warnung an den Sous Chef, in seiner Abwesenheit ja nichts anbrennen zu lassen, verlässt Josef sein Restaurant. Er bestellt ein Taxi. Das Auto, verfügt er, möge in zehn Minuten vor der *Bar Vienne* auf ihn warten. Rasch geht er die paar Meter, tritt ein, stellt sich an den Tresen und begrüßt die Barfrau, mit einem Küsschen und einer diskreten Streicheleinheit. Während sie von einer der kopfüber hängenden Flaschen einen Grappa Nonino abzapft, beobachtet sie Josef. Mit der Frage, was denn los sei, stellt sie den dreifachen Schnaps vor ihn hin. Da sei nichts, sagt er, nein, gar nichts, der übliche Stress mit dem Freitagabendgeschäft halt, ansonsten aber sei *alles paletti*. Das sagt er gern, um der brüchigen Wirklichkeit einen ironischen Touch zu verleihen. Seit jeher haben die Frauen den Frauenkenner durchschaut, und so entgeht auch seiner neuen Geliebten nicht, dass da mehr ansteht als der übliche Stress mit dem Geschäft. Er trinkt noch einen Grappa, schaut nervös auf seine Uhr und dreht sich immer wieder um, um zu sehen, ob das Taxi schon da ist. An einem Freitag um diese Zeit, fällt ihm auf, sollte eine Bar in seiner Nachbarschaft nicht halb leer sein. Kreisen die Geier erst einmal über dieser Bar, kreisen sie womöglich bald über dem ganzen Viertel. Wie ansteckend Pleiten sind, zeigt sich gerade dieser Tage allerorts. Einen weiteren Konkurs würde er nicht überstehen. Ihm graut vor der Vorstellung, sich je wieder als Koch in fremden Küchen zu verdingen. Wenn er das Geld auftreiben muss, um seinen alten Komplizen auszuzahlen, kann er gleich einpacken und zusperren. Am Ende landet er auf dem AMS, bei der ach so korrekten Silvia, um einen Antrag auf Notstandshilfe zu stellen, in einer Reihe mit Junkies, Alkoholikern und Obdachlosen. So weit darf und wird es aber nicht kommen, beschließt er. Auf keinen Fall! Das Taxi fährt vor ... Er knallt das leere Glas auf den Metalltresen, winkt seiner Geliebten zum Abschied und zeigt ihr, bereits im Hinausgehen, mit zwei Gesten an, sie möge die Schnäpse anschreiben, er werde sich später telefonisch melden.

Auf halbem Weg zum *Rabenhof* dirigiert er den Fahrer in den zweiten Bezirk um. Eine Ahnung, die ihn seit Stunden verfolgt, nimmt endlich Gestalt an. Soll er sich inmitten einer lachenden Menge amüsieren, während seine Existenz auf dem Spiel steht? Er würde es ohnehin gerade noch schaffen, die letzte Viertelstunde des Programms zu sehen, die sich bestimmt nicht wesentlich von den anderen letzten Viertelstunden ihrer früheren Programme unterscheidet. Immerhin weiß er nun, wo er ihn suchen muss, glaubt es jedenfalls zu wissen. Was er tun wird, wenn er ihn tatsächlich findet, steht noch in den Sternen. Er wird auf der Brücke über dem Kanal aussteigen und sich zu Fuß auf die Suche machen. Der Schnaps versetzt ihn in eine Euphorie, die es möglich erscheinen lässt, dass sich alles noch zum Guten wendet. Beim Aussteigen trifft ihn eine kühle Brise – etwas, das er gar nicht mehr für möglich gehalten hat.

## 34.

**Auf dieser Feier** ist sie ein Star. Ein weithin leuchtender Stern, um den sich Körper verschiedener Ordnung bewegen, auf elliptischen Bahnen die meisten. Die Fans dürfen ihrer Sonne nicht zu nahe kommen, sich aber auch nicht zu weit entfernen, um weder den Hitze- noch Kältetod zu sterben. Dann diese kometenhaften Erscheinungen: Kenner ihrer Kunst, die so direkt auf sie zusteuern, dass sie ausweichen muss, um Kollisionen zu vermeiden. Ein solcher Überfall wirft sie mitunter fast aus der Bahn. Sie fängt sich jedoch immer wieder und zieht gravitätisch weiter ... Von Freunden zu Kritikern zu Fans, von Verwandten zu Kollegen zu Bekannten, Runde um Runde, ihr Lächeln und das Glas Sekt in ihrer Hand materialisieren sich immer wieder von neuem. Kritik und Lob nimmt sie entgegen wie eine Hostie bei der Kommunion.

Im Grunde ist sie einfach froh, dass sie alles überstanden hat, ihr Experiment nicht gescheitert und sie nicht mitsamt dem Theater und dem Publikum abgebrannt ist. Sie hat viel riskiert und *etwas* gewonnen. Im Moment jedenfalls, und in solchen Momenten gibt es nicht viel, was sonst noch zählt. Franz natürlich, nach dem sie sich, ohne ihre Gespräche zu unterbrechen, nebenbei fortwährend umsieht, der schon. Er ist nicht ganz unschuldig an ihrem Erfolg, kommt ihr vor, obwohl sie nicht sagen könnte, warum und wie das zugeht. Sie kennt ihn doch erst seit zehn Stunden. Vielleicht übt er einfach nur einen positiven Einfluss auf sie aus, nicht mehr und nicht weniger. Dieser Sterngucker tut ihr zweifellos gut. Alles nur eine Frage der

Schwingungen, der Energien und ganz persönlichen Wellenlängen, soviel scheint ihr sicher.
Als er endlich auftaucht, weicht sie kaum von seiner Seite. Sie hängt sich bei ihm ein, was ihn kurz die Stirn runzeln lässt, und nimmt ihn mit auf eine Runde. Sie weiß, dass er noch attraktiver wäre, würde er sich ausgesuchter anziehen, und sie ist sich sicher, dass das auch die wissen, die sie ansprechen, um ihr zu gratulieren. Mit vielsagenden Seitenblicken auf Franz manchmal, der alle Andeutungen mit skeptischer Miene zur Kenntnis nimmt. Hin und wieder nur hält er es für nötig zu antworten, dann schließt er allzu neugierige Fragen mit den verborgenen Absichten kurz, die ihnen zugrunde liegen.
„Sie *arbeiten* nur zusammen?"
*Nur?* Dieser unverschämte Ton! Er verachtet scheinheilige Fragen, die ins Private eindringen.
„Franz hat ein Interview gemacht und die Aufzeichnung der Premiere für das Fernsehen betreut. Aber das ist nicht alles!" Die Künstlerin sagt es mit diesem Leuchten im Blick und lacht auf eine Weise, die zum Klingen bringt, was wirklich *alles* ist. Glück ist einfach polygam.
„In der Kunst ist das Wie interessanter als das Was", sagt Franz. „Wollen Sie auch wissen, *wie* wir das alles machen, ich meine, Intimitäten, Praktiken, Details?"
Der Mann muss sich sichtlich beherrschen, um nicht zu sagen: Ja, er will alles wissen, sicher: Alles, was sie so treibt, den ganzen Tag lang und in den Nächten vor allem auch, als Privatmensch natürlich, was doch seine Kunden viel mehr interessiert als die Kunst, die ohnehin offen daliegt. Eine Ware, die sich allzu spröde anbietet. Auf die Kunst könnte man ja verzichten, noch dazu, wenn sie solche Ansprüche erhebt wie dieses neue Programm, doch

die Person dahinter, ein Mensch wie du und ich, die muss den Massen verkauft werden, damit es sich überhaupt auszahlt.
Er sagt das alles nicht. Franz merkt aber, dass er mit derartigen Überlegungen beschäftigt ist, während er versucht, die immer weiter abfallende Kurve vom Smalltalk zur Zudringlichkeit zu nehmen. Franz geht einfach weiter, lässt ihn stehen. Sie hängt sich, mit einer kleinen Verzögerung, an seinen Arm, verwundert darüber, wie einfach das ist, wenn man es nur tut. Ein kleiner Schritt bloß, und alle Lügen gehen ins Leere.
„Weißt du eigentlich, wer das gerade war?"
„Irgendein Opportunist wahrscheinlich, der für ein armseliges Zeilenhonorar schreibt, was andere wollen."
„Der Chefredakteur eines TV-Magazins. Er wird sich bestimmt revanchieren."
„Wenn er sonst nichts kann, wird er das wohl tun."
Sie weiß nicht, wie das funktioniert, aber ihre jüngste Eroberung nimmt ihr jede Angst vor den Folgen ihres Handelns. Was für eine Wohltat, ein Akt geistiger Hygiene, sich von dieser Art Menschen- und Umweltverschmutzung fernzuhalten. Das ist etwas, das sie nicht verlernt, sondern nur vergessen hat! Auf ihrem Weg zu einer öffentlichen Person. Einer öffentlichen Frau? Plötzlich wird ihr klar, dass es noch viel beschämender sein kann, seine Persönlichkeit zu verkaufen als seinen Körper, wie das jede gewöhnliche Hure macht, die sonst nicht viel von sich preisgibt.

Während er alle möglichen Bemerkungen zu allen möglichen Bemerkungen macht, denkt Franz an seine Freundin und den kleinen Billy, den er ihr bis morgen überlassen hat.

An der Seite der Einen erinnert er sich an die Andere und wundert sich, dass er kein schlechtes Gewissen hat. Er wird das Gefühl nicht los, dass das zwei getrennte Erfahrungen sind, die sich in ganz unterschiedlichen Dimensionen ereignen.
Sie treffen auf jenes Paar, das ihm beim Mittagessen ein paar Tische weiter aufgefallen ist: Namen, Händeschütteln, Küsschen, Komplimente ... Silvia berichtet, wie es ihr gelungen ist, sich auf das neue Programm und die Enttäuschung ihrer Erwartungen einzustellen. Zunächst war sie verwirrt, dann enttäuscht, aber nach und nach sei es ihr gelungen, sich von ihren eigenen Vorstellungen zu lösen und sich denen der Künstlerin zu überlassen. Während sie penibel ihre Eindrücke wiedergibt, schaut sie ein paar Mal auf die Uhr an ihrem Handgelenk, derart zerstreut, als würde sie das selbst nicht wahrnehmen. Ihr Begleiter lächelt mit einer gewissen Nachsichtigkeit, scheint aber in Gedanken auch nicht ganz bei der Sache zu sein.
Franz sieht das Unheil kommen.
Bei einem Blick in die Runde bleibt er an einer Frau hängen, die sich anders bewegt als alle anderen. Während sich die Gäste in diesem Raum alle mehr oder weniger in konzentrischen Kreisen bewegen, die ihn an die Form von Spiralnebeln erinnern, steuert diese Frau geradenwegs auf sie zu – ein Asteroid auf Kollisionskurs. Franz versucht, die Aufmerksamkeit seiner Gefährtin auf die Gefahr zu lenken, die sich im Rücken von Bert und Silvia aufbaut. Aber die drei sind jetzt so sehr in ihr Gespräch vertieft, dass sie nichts bemerken. Erst als die fremde Frau sich zwischen sie schiebt und sich vor Bert hinstellt, wortlos, zu allem entschlossen und mit dem vorwurfsvollsten Gesicht, das Franz je gesehen hat, versiegt die Unterhaltung.

Alle im Raum, die sie haben kommen sehen, warten auf das, was geschehen wird. Aber nichts passiert – kein Eklat und auch keine Handgreiflichkeit, obwohl so etwas in der Luft liegt –, außer dass Rosa ihren verdutzten Mann am Arm nimmt und abführt wie eine Polizistin einen Übeltäter. Mitten durch die Menge, die sich bereitwillig teilt. Silvia wird ganz rot im Gesicht, und das Glas in ihrer Hand zittert, als sie den beiden nachschaut. Berts letzter Blick, über die Schulter zurück, bevor sie verschwinden, bittet um Nachsicht dafür, dass er sich ohne Gegenwehr ergibt. Er ist aber auch nicht ganz frei von jener Erleichterung, die manche überkommt, wenn sie endlich geschnappt und von ihren Versuchungen erlöst werden. Kopfschmerzen verdunkeln sein Gesicht. Erstaunt nimmt er sein Schicksal an, das er an diesem Tag doch selbst in die Hand nehmen wollte.

## 35.

**Er sollte den Erinnerungen** weder nachgeben noch nachgehen. Aber genau das tut er, indem er über den Karmelitermarkt flaniert, der sich verändert hat und doch irgendwie gleichgeblieben ist. Still und leer die Stände auf dem Platz, richtige kleine Häuser nun, wo früher nur Buden und Hütten waren. Schatten schieben sich über die Szene, als würde jemand den fast vollen Mond verdecken. Allerhand lockeres Zeug beginnt im stärker werdenden Wind zu klappern. Dunkle Wolken ziehen am Nachthimmel auf, wenn er hochschaut. In allen möglichen Violett- und Purpurtönen leuchtende Gebilde, die unablässig ihre Form ändern und über die Stadt driften.

Nach dem Markt biegt er nach Osten ab. Er geht eine Weile weiter, in sich gekehrt und doch wachsam. Aus Gewohnheit schlägt er ein paar Haken, verliert aber sein Ziel nicht aus den Augen. Die Zeiten, als er mit Josef hier früher um die Häuser gezogen ist, erscheinen ihm fremd. Andere Menschen in einer anderen Zeit in einer anderen Welt. In jeder Zelle seines Körpers tickt die Zeit und löscht das Alte aus. Seine Schulter schmerzt kaum noch. Er wird das hier heute zu Ende bringen: Das denkt er und weiß doch nicht, wie es gehen soll. Wenn er stehenbleibt, verändern sich die Dinge um ihn her. In der Bewegung jedoch geht diese Veränderung von ihm aus. Er wird also noch in Bewegung bleiben, bis sich etwas zeigt und ihm sagt, dass es genug ist. Erst dann wird er sich dem Stillstand überlassen. Ruhe. Stille. Und Frieden. Er glaubt jetzt zu wissen, wie das geht.

Ob sie kommen wird? Er hat ihnen seinen Standpunkt vermittelt, die Fakten präsentiert und die Forderungen formuliert. Klar und deutlich. Was könnte Silvia sich davon versprechen, ihn noch einmal zu treffen? Unter vier Augen, an einem neutralen Ort. Aber ein Hotelzimmer in diesem Viertel kann gar nicht neutral sein, denkt er. Am Ende der Gasse sieht er bereits das Schild mit der Aufschrift des Hotels. Sicher, der Kuss, den sie ihm am Kanal gegeben hat, war wie eine Frage, auf die eine Antwort noch aussteht.

Doch er will eigentlich gar nicht antworten. Er möchte nur ein paar Stunden lang ausspannen und in Ruhe überlegen, ob er nach Graz zurück muss, um den Schaden zu begrenzen. Oder ob er gleich morgen Früh versuchen soll, sich für eine Weile ins Ausland abzusetzen. Er lächelt dünn. Über seine Taten wird wohl erst Gras wachsen, wenn er einmal unter der Erde ist. *Six feet under* hieß einer der Songs in diesem Konzert. So kraftvoll, traurig und schön, dass sogar Tote auferstehen, um es zu hören. Er nimmt ein Zimmer mit Bad für drei Stunden. Ein Ausweis? Das sei nicht nötig. Frauen mit ihren Freiern kommen und gehen hier. Als er in den zweiten Stock steigt, rollt ein Donner über die Stadt hin. Unaufhaltsam braut sich etwas zusammen.

Silvia wirkt verloren, wie sie da im Halbdunkel auf hohen Hacken die Straße entlangklackert und vergeblich versucht, einen Wagen heranzuwinken. Es ist plötzlich frisch geworden, relativ kühl jedenfalls, wenn man bedenkt, welche Temperaturen in den letzten Wochen und an diesem Tag geherrscht haben. Sie zieht sich ihren dünnen Seidenschal um die nackten Schultern und hält weiter Ausschau nach einem Taxi. Nachdem Bert von seiner Frau vor aller Augen geradezu abgeführt worden war, hat sie es dort nicht mehr lange ausgehalten. Erst jetzt, allein am Rande einer stark befahrenen Straße, dämmert ihr, dass dies nicht nur ein Zwischenfall, sondern das Ende ihres Verhältnisses ist. Die gemeinsame Immobilie am Stadtrand verkommt in ihrer Vorstellung zu einer schäbigen Spekulation. Trotz kommt in ihr hoch und unterdrückt die Traurigkeit, die sich ausbreiten will. Sie hat es geahnt, aber nicht wahrhaben wollen. Als sie von diesem Treffen am Donaukanal zurück in ihre Wohnung kam, lag eine Art Verrat in der Luft. Bert war irgendwie seltsam, als würde er ihr etwas verheimlichen, aber weil sie im Moment selbst genug am Hals hat, wollte sie das gar nicht sehen und hat es auf die Probleme mit seiner Firma geschoben. Doch jetzt, allein im kühlen Gegenwind, sieht sie die Dinge mit einer schmerzlichen Klarheit. Auf einmal fährt ihr ein Schub Übelkeit in den Magen. Sie dreht sich von der Straße weg, beugt sich übers Geländer und kotzt sich dieses Gefühl aus dem Leib. Erleichtert und mit festeren Schritten setzt sie ihren Weg fort. Sie kramt Taschentücher und Kaugummis aus ihrer Tasche. Als ein Taxi blinkt und ein Stück vor ihr langsam an den Straßenrand fährt, beginnt sie zu rennen, was ihr mit ihren hohen Absätzen nur schlecht gelingt.

Er wirft die Sporttasche in eine Ecke des Raums. Das Zimmer ist beinah unanständig kitschig. Von der Tapete über die Vorhänge und den Überwurf bis zu den Gegenständen, die überall stehen, zeugt es von einem ausgesucht schlechten Geschmack. Alte erotische Fotos in Schwarz-Weiß an den Wänden ändern auch nichts daran. Dieser Raum ist das angeberische und sentimentale Pendant der Zelle, in der er jahrelang gehaust hat. Aber das Bad ist okay.

Er lässt Wasser in die Wanne und zieht sich aus. Vor dem Spiegel betrachtet er eine Weile seinen trainierten Körper. Auf Schulter und Schulterblatt, wo der Totschläger ihn erwischt hat, prangt ein Bluterguss. Er durchschaut die Erbärmlichkeit eines schönen Körpers, in dem sich kein entsprechender Geist manifestiert. Bevor er in die Wanne steigt, holt er sich ein Bier aus der Minibar. Die Hand des Gekreuzigten legt er auf den Nachttisch und die Pistole in Reichweite neben die Badewanne.
Nach dem Bad holt er sein Rasierzeug aus der Tasche und kratzt sich die Stoppeln aus dem bleichen Gesicht. Die Müdigkeit ist einer angenehmen Entspannung gewichen. Er zieht frische Unterwäsche, die Hose und ein neues Hemd an, das er am Nachmittag in der Innenstadt gekauft hat. Dann legt er sich mit einem Bier und seinem Handy auf das Doppelbett. Die Waffe deponiert er unter dem anderen Kopfpolster. Er schaut auf die Uhr, überlegt, ob sie pünktlich sein und überhaupt kommen wird. Wenn ihm diese Verabredung auch ziemlich sinnlos erscheint, so glaubt er doch nicht, dass sie ihn damit in eine Falle lockt. Sie ist es, die alles zu verlieren hat. Er ist nur irgendein Typ, der gerade zufällig nicht im Gefängnis sitzt. Ein Treffen um der alten Zeiten willen vielleicht? Die waren für ihn gar nicht so toll, wie sie das vielleicht in Erinnerung hat. Er war in sie verliebt, ja. Aber für sie war er nicht viel mehr als der interessante Außenseiter, der in ihrer Sammlung gefehlt hat.
Auf dem Gang draußen nähern sich Schritte. Seine Hand fährt unter den Polster, während er sich aufsetzt. Schritte von hochhackigen Frauenschuhen, denkt er und schwingt sich aus dem Bett. Dem Portier unten hat er eingeschärft, seine Zimmernummer nur einer einzelnen Frau zu geben,

die nach ihm fragt. In einem solchen Hotel ist das nichts Ungewöhnliches. Als es klopft, steht er neben der Tür, dreht langsam den Schlüssel um, öffnet einen Spalt breit und späht hinaus. Von der Seite schaut Silvia fast aus wie Marilyn Monroe in ihren späten Filmen.
„Hallo."
„Komm", sagt er und zieht sie am Arm ins Zimmer, während er noch einen Blick in den Flur wirft.
Sie steht da wie bestellt und nicht abgeholt. Etwas verwirrt, mit vom Wind zerzaustem Haar und ganz außer Atem. Er bietet ihr den einzigen Stuhl im Raum an und setzt sich auf das Bett. Mit einem amüsierten Seufzer lehnt er sich an die Wand am Kopfende, während er sie nicht aus den Augen lässt. Sie legt ihren Seidenschal ab und nimmt Platz, schlägt ein Bein über das andere und rückt sich zurecht. In die Verlegenheit hinein, die entsteht, während sie eine Zigarette anraucht, räuspert sie sich. Er betrachtet sie aufmerksam und interessiert, fast liebevoll: „Was ist los mit dir, Silvia? Geht's dir nicht gut?"
„Nein, nein ..." Zerstreut sucht sie nach Worten, blickt dabei kurz in den Spiegel neben sich und fährt sich mit der freien Hand durchs Haar. „Ich ... ach egal, was soll's: Ich bin verlassen worden. So muss ich es wohl nennen." Sie schaut umher, als würde es sie schon sehr wundern, sich an einem Ort wie diesem zu finden.
„Tut mir leid ..." *Süße,* wollte er sagen, verzichtet aber auf das ironische Kosewort, weil sie ihm im Augenblick wirklich leid tut.
Sie wischt sich mit dem Handrücken eine Träne von der Wange, schluchzt einmal kurz in sich hinein, fängt sich wieder und sagt: „Geht schon wieder. Kein Problem ... Alles halb so schlimm. Wir ... wir wollten ... Es ist nur ..."

„Silvia! Lass es zu, sonst frisst es dich von innen auf.“ Er raucht eine an und greift nach dem Bier auf dem Nachttischchen.
„Ich wollte ein Haus kaufen, damit wir zusammenziehen können.“ Pause. „Das brauche ich nun wohl nicht mehr.“
„Lass mich raten ... Er ist zu seiner Frau zurück, stimmt's?“
Sie unterdrückt ein Schluchzen. „Zu seinem Kind, das trifft es vermutlich besser.“
„Willst du was trinken?“ Er erhebt sich geschmeidig, öffnet die Minibar und schaut sie fragend an.
„Ein Bier, bitte.“ Sie versucht zu lächeln.
Er öffnet eins und reicht es ihr. „Der Schmerz ist eine Quelle der Wahrheit“, sagt er. „Du wirst ihn überwinden und dich bald mit einem anderen Mann langweilen, glaub mir.“
Sie steht plötzlich auf und vertritt ihm den Weg. „Soll er doch zum Teufel gehen!“
Jene Silvia, die er gekannt hat, kommt da zum Vorschein.
Ein Donnergrollen wälzt sich über die Stadt ... drei, vier, fünf Explosionen hintereinander, deren Krachen in einem einzigen, tiefen Grollen aufgeht. Als es wieder still ist, hören sie das Klopfen der ersten Tropfen gegen das Fenster.
„Du bist sexy, wenn du verlierst“, sagt er. „Weil du nicht verlieren kannst.“
„Aber teilen kann ich“, sagt sie, und mit Trotz in der Stimme fügt sie hinzu: „Bei Josef wird nicht viel zu holen sein, im Moment jedenfalls, es sei denn, du möchtest deinen Anteil bei ihm *abessen*.“ Sie lacht auf, legt ihre Hände mit den roten Nägeln auf seine Schultern und stellt ein Bein auf den Sessel. Das Sommerkleid fällt so, dass er ihren Schenkel im Blick hat.

„Wie soll ich das verstehen?“
Ihre Unschlüssigkeit von früher hat sich über die Jahre in Unberechenbarkeit verwandelt. Er nimmt sich vor, sich von nichts ablenken zu lassen, vor allem nicht von ihrer Weiblichkeit und irgendwelchen Versprechen. Er will nur, was ihm auch zusteht. Im Reich des Verbrechens gelten schließlich dieselben Regeln wie im Reich des Gesetzes. Strengere Regeln sogar, weil das Illegale sich selbst noch mehr schützen muss, als das Legale.
„Ich meine das Lösegeld. Ich hab es nie angerührt, da haben sich eine Menge Zinsen angehäuft. Im Gegensatz zu Josef bin ich inzwischen der Meinung, dass dir das Geld zusteht. Ich bin bereit, dir die Hälfte von allem zu geben, was auf meinem Konto ist. Aber lass ihn in Ruhe! Er hat nichts mehr und versucht gerade, sich wieder etwas aufzubauen. Um der alten Zeiten willen, bitte!“
„Der will mich seit Jahren mundtot machen. Mit allen Mitteln. Jetzt soll er bezahlen.“ Ihre Hand auf seiner linken Schulter schmerzt. Er lässt sie nur dort, um nicht zu vergessen, wer eigentlich dafür verantwortlich ist.
„Fang endlich ein neues Leben an“, sagt sie, nähert ihren Mund seinem Ohr und flüstert: „Noch hast du eine Chance, aber versuch nicht, das Unmögliche möglich zu machen.“
„Ich ...“
Sie küsst ihm den Satz aus dem Mund. Es dauert eine Weile, bis die Erinnerung an Wanda aus seinem Bewusstsein verschwindet. Die frauenlosen Jahre sind ihm in Fleisch und Blut übergegangen: Ein Kältetod irgendwo am Ende der Sehnsucht und des Begehrens. Nun taut er zum zweiten Mal auf, in Silvias Armen diesmal, während Wind und Regen einen alten Rhythmus ans Fenster trommeln.

Fremde Berührungen, wie aus einem anderen Leben, deren seltsamer Schmerz in der Lust besteht, die sie auslösen.

Josef folgt den Spuren seiner Erinnerung. Er lässt sich treiben, von Bar zu Bar, von Wirtshaus zu Wirtshaus, aber nicht ziellos. Eine ganz konkrete Vorstellung motiviert ihn. Manchmal schaut er irgendwo hinein, macht eine Runde, geht aufs Klo, prüft sich kurz im Spiegel und zieht wieder ab, ohne etwas zu trinken. Mitunter stellt er sich an die Schank und trinkt einen Schnaps, während er sich in Ruhe umschaut und seinen Gedanken nachhängt. Angebote, die meist nicht lange auf sich warten lassen, schlägt er aus. Es ist keine kleine Kunst, eine zurückzuweisen, ohne sie zu beleidigen. Er versteht es sogar, den Abgeblitzten das Gefühl zu geben, es habe ausschließlich etwas mit ihm zu tun, dass er sich im Moment nicht entscheiden kann. Und das ist die Wahrheit, fast: Denn es hat mit seiner Vergangenheit zu tun, mit Menschen und Mächten aus seinem früheren Leben. Er weiß nicht einmal, was er tun wird, wenn seine Suche Erfolg hat. Soll er sich bewaffnen? Er wüsste schon, wo und wie, kann sich aber nicht überwinden, es auch zu tun. Mit dem Küchenmesser ist er zwar ein Profi, sonst aber ist ihm der Gebrauch von Waffen fremd. Irgendwie vertraut er darauf, dass sich alles von selbst regelt, wenn er erst am Ziel ist. Je mehr er trinkt, desto überzeugender nimmt diese Gewissheit Gestalt an.
Er folgt einer äußeren Logik, die sich an Touren orientiert, die sie früher in dieser Gegend unternommen haben, aber auch einer inneren, die sich seiner Intuition und dem wachsenden Rausch verdankt, der ihn beflügelt und möglich erscheinen lässt, was nüchtern einfach nur absurd wäre.

Da die Zahl der zu kontrollierenden Lokale begrenzt ist, erhöht sich die Chance auf Erfolg praktisch mit jedem Scheitern. Es ist ein Experiment, zweifellos, und es liegt an ihm, Daten und Ergebnisse in seinem Interesse auszuwerten und zu nutzen. Wenn er den Forderungen nachgibt, steht er ein weiteres Mal vor dem Bankrott, obwohl das *Josefs* so gut läuft wie keins seiner Restaurants zuvor. Und falls er sich weigert? Er würde noch lieber als Koch in irgendeiner Scheißpizzeria arbeiten, als in einem Gefängnis den dort üblichen Fraß zusammenzukleistern. Er ist schließlich ein Künstler und nicht nur ein Koch!
Mal nimmt er sich ein Taxi, dann wieder geht er zu Fuß, um von A nach B zu gelangen. Diese Entscheidungen orientieren sich nicht an den Entfernungen, sondern daran, wie er den Regen draußen einschätzt: Nieseln, Schauer und gewaltige Güsse wechseln einander ab, ganz plötzlich manchmal. Er kann es unmöglich verhindern, nass zu werden, so sehr er sich eine Zeitlang auch bemüht. Schuhe und Jeans sind bald feucht und schwer, das T-Shirt klebt klatschnass am Körper, und die Haare hängen ihm in Strähnen vom glänzenden Schädel. Entschlossen stemmt er sich gegen Stürme, die wie aus dem Nichts kommen und ihn beinah von den Beinen fegen. Der Regen, auf den alle schon gewartet haben wie auf eine große Erleichterung, ereignet sich nun als eine Art Sintflut. Wind, Blitz und Donner verwandeln die Stadt in eine flackernde, dem Untergang geweihte Kulisse, allerhand Requisiten fliegen durch die Luft, und die letzten Herumtreiber sind auf der Flucht vor dieser Nacht. Josef zwingt sich immer wieder auf die Straße hinaus, besessen von seiner fixen Idee: Er muss ihn finden, koste es, was es wolle, hier und heute.

Unsicheren Schritts, eine Vogelscheuche im Sturm, so biegt er um die Ecke zu dieser schmalen Gasse, wo eins der einschlägigen Hotels des Viertels ist. Der Schnaps hat jede Erinnerung daran ausgelöscht, ob sie früher schon einmal hier waren. Sein Plan, systematisch vorzugehen, sieht vor, auch das in Betracht zu ziehen. Vor dem Eingang, unter dem Schutz eines halb zerfetzten Baldachins, schüttelt er, so gut es geht, Wasser aus seinen Schuhen und klatscht sich die Haare an den Kopf, bevor er die Stufen zur Rezeption hochsteigt. Er weiß um die Verschwiegenheit der Portiers in diesen Häusern, also wird er anders vorgehen müssen. Josef will ein Zimmer für nur eine Stunde. Nach einem misstrauischen Blick auf seine Person und den durchweichten Personalausweis bekommt er einen Schlüssel ausgehändigt. Er möge sich um Gottes willen ruhig verhalten, das ist alles, was ihm der Alte mit auf den Weg nach oben gibt.

Im Zimmer muss er unverzüglich auf die Toilette. Während er sich die nasse Hose von den Schenkeln rollt, ergießt sich bereits sein Strahl in die Muschel. Ein paar Spritzer gehen daneben, auf Hose und Boden. Es kostet ihn einige Überwindung, die feuchte Hose hochzuziehen und zuzuknöpfen. Vor dem Spiegel im Bad richtet er sich die Haare, so gut es geht, dann holt er sich Bier und Schnaps aus der Minibar und setzt sich aufs Bett. Er zieht seine Zigaretten aus der Gesäßtasche, biegt eine gerade und versucht, sie anzurauchen. Keine Chance. Er wirft den nassen Tschick auf den Boden, trinkt hastig aus, geht auf den Flur hinaus und horcht in die Stille des Treppenhauses. Irgendwo das Geräusch gedämpfter Schritte, treppauf, treppab, dann ist es, bis auf das Prasseln des Regens weitab, wieder ruhig.

Planmäßig, wie er das Viertel durchkämmt hat, schleicht er nun von Zimmer zu Zimmer, um an den Türen zu lauschen. Einmal fällt er fast um und in ein Zimmer hinein, das von einem Paar gerade verlassen wird. Er murmelt eine Entschuldigung, doch die nehmen ihn gar nicht richtig zur Kenntnis. Je länger er sucht und an Türen horcht, desto größer wird sein Hass auf den Kerl, der ihn zwingt, genau das zu tun: Hier, an diesem trostlosen Ort, wo er doch ins Theater hätte gehen sollen, statt sich sinnlos zu besaufen und ein Gespenst seiner Vergangenheit zu jagen. *Gespenst, Gespons, Gespinst* ... Was soll's! Er ist nun einmal hier, und er wird es zu einem Ende bringen, ein für alle Mal. Plötzlich erkennt er, was er eigentlich hören will. Sein Puls beschleunigt sich. Er richtet sich auf und tritt einen Schritt zurück, um tief durchzuatmen. Nicht jene männliche Stimme, die er am frühen Nachmittag seit vielen Jahren zum ersten Mal wieder gehört hat, sondern ihre: Silvias Stimme, die ihm vertraut ist wie etwas, das man nur zu gut kennt. Er nimmt seine ganze benebelte Entschlossenheit zusammen und platzt in dieses Zimmer hinein.

# 36.

**Irgendwann nach Mitternacht** will sie nach Hause. Franz, dem sie stundenlang kaum von der Seite gewichen ist, versucht ein Taxi zu bestellen und wird von einer gestressten Telefonistin vertröstet: Bei diesem Wetter könne es sehr lange dauern ... Sie verabschieden sich von den verbleibenden Gästen, nehmen ein letztes Mal Glückwünsche entgegen und machen sich auf den Weg, als der Platzregen in ein Nieseln übergeht.

Die Stadt ist wie ausgestorben. Taxis sind unterwegs, alle aber besetzt oder bereits bestellt. Sie laufen dieselbe Straße entlang wie Silvia vor ein paar Stunden. Hand in Hand, gegen den Sturm, die Sommerschuhe hat sie ausgezogen und an den Fingern baumeln, um besser Schritt halten zu können. Billy ist in guten Händen, und Franz fühlt sich immer noch so wohl in ihrer Gegenwart, dass er vergisst, was er eigentlich wollte. Um diese Zeit erwartet ihn niemand mehr, nicht einmal seine Freundin. Er kann sich vorstellen, ein weiteres Mal in dem Haus in den Weinbergen zu erwachen, zu wiederholen, was er am Nachmittag dort mit ihr erlebt hat. Sie hat ihm zu einem sechsten Sinn verholfen. Die Zeitreise, die er in ihrem Bett gemacht hat, hat ihn über seine Grenzen getragen und ihm Dinge gezeigt, die er nicht für möglich gehalten hätte. *Quantenmechanik der Gravitation.* In einem sehr irdischen Maßstab haben sie dieses Rätsel gelöst.

Er bleibt stehen, hält sie zurück und umarmt sie. Der Sturm lässt nach und der Regen nimmt wieder zu. Immer wieder fahren Taxis vorbei, aber keines hält an. Eine Quergasse weiter lockt eine Leuchtschrift, ein arhythmisches

Blinken, wie eine defekte Neonröhre: *Zum großen Wagen.* Er eilt voraus und zieht sie hinter sich her, bis sie im Trockenen stehen, triefend vor Nässe, aber lachend und froh, Unterschlupf gefunden zu haben. Sie setzen sich in eine Nische und bestellen Bier.

Franz wird in ihrer Nähe das Gefühl nicht los, sich auf einer Art Flug ins All zu befinden. Dieses Kribbeln im Bauch, wenn er sie anschaut ... Wie sie sich bewegt, etwas sagt, wie sie mit ihm spielt. Und dann die Zeit, die sich verlangsamt, bis sie sich dem Stillstand nähert, aus dem sein Verlangen erwächst. Ein Begehren, so anders und zwingend wie die Schwerkraft auf einem fremden Planeten. Er ahnt nun, dass sie am Abend eigentlich für ihn gespielt hat. Auf der Bühne hat sie ihm ihre Rückseite gezeigt, die dunkle Seite des Mondes, die er nicht einmal durch das Spiegelteleskop der Sternwarte zu sehen bekommt. Dank ihr konnte er, versteckt in einer Seitenbahn der schwarzen Bühne, aus der Vergangenheit in die Zukunft sehen. So weit jedenfalls, wie ihr Licht an diesem Abend strahlte. Was er da entdeckt hat, war fast noch schöner als der Tanz der Materie in den unendlichen Weiten, die er niemals wirklich erreicht. Es sei denn, er schließt bei vollem Bewusstsein einen ewigen Moment lang die Augen ...

Die Melodie seines Handys lässt ihn hochfahren. Beide blicken sich entgeistert um, bevor er das Gespräch wortlos annimmt. Allen möglichen Verneinungen, die seine Sprache zu bieten hat, folgt nach einer Weile des Schweigens ein knappes „Ja". Er steckt das Telefon weg, trinkt sein Bier aus und sagt: „Ein Mal noch, dann ist damit Schluss!" Sie weiß zwar nicht, was genau er damit meint, glaubt ihn aber trotzdem zu verstehen. Er verspricht ihr, noch zu ihr zu kommen, sobald die Sache vorbei sei.

Beim Verlassen des Gasthauses schaut er nicht zurück, wie verloren sie da sitzt, weil er sie jetzt ganz klar vor sich sieht, wohin er sich auch wendet.

Der weiße Mini war da, als er zu Fuß beim Treffpunkt ankam. Es hatte aufgehört zu regnen. Der Wind schob Wolken über den Himmel, der im Osten bereits aufhellte. Die Kamerafrau war putzmunter und redete ununterbrochen, während sie in den zweiten Bezirk rasten, um eine weitere Sensation zu kreieren. Franz kam es vor, als hätte er alles, was ihn erwarten mochte, schon hinter sich. Er müsste nur noch dieses eine Mal mitmachen, um endlich bei sich anzukommen. Polizei und Rettung waren da und verstellten die schmale Gasse, in der sich das Hotel befand. Blaulicht tauchte die Szenerie in ein künstliches Licht. Bullen und Sanitäter standen im Foyer um eine Tragbahre und stritten sich, wer den Mann nun von Rechts wegen mitnehmen dürfe. Dass er in dem Typen, der da lag, schlief und schnarchte, den Chef des *Josefs* erkannte, konnte Franz auch nicht mehr überraschen. Alles war bereits passiert, wenn er es wahrnahm, er wusste also Bescheid. Angeblich war der Portier mit einem Sudoku beschäftigt gewesen, Schwierigkeitsgrad teuflisch, als irgendwo im Haus ein Schuss fiel und kurz danach ein zweiter. Nachdem die Polizei verständigt war, machte sich der Portier auf die Suche. Um diese Zeit ist das Hotel meist so gut wie leer. Im zweiten Stock stand eine Tür offen. Obwohl er Angst hatte, näherte er sich dem Zimmer so weit, dass er einen Blick riskieren konnte. Da fand er ihn: Schlafend, vollkommen nackt, mit Handschellen an den Heizkörper gefesselt. Keine Spur von seiner Kleidung. Im Zimmer roch es nach Alkohol, Pulver und Parfum. Auf den ersten Blick entdeckte die Polizei keine brauchbaren Hinweise. Nur eine kleine Hand aus Elfenbein mit einem Loch in der Mitte, wahrscheinlich von einem Kruzifix. Das Opfer wurde dann, in Begleitung der Exekutive, von der Rettung ins Spital gebracht, wo man ihm unverzüglich den Magen auspumpte.

Die Sonne kommt über den Horizont, während Franz dem Taxilenker ansagt, wie er fahren muss, um in die Weinberge zu kommen. An den letzten Kreuzungen in der Stadt ist die Frage aufgetaucht, wohin er nun tatsächlich soll, zu ihr oder zu *ihr*. Freundin oder Geliebte? Das Herz ist schließlich kein Kompass. Dennoch ist er sich ziemlich sicher, die richtige Richtung einzuschlagen. Er bittet den Fahrer, das Fenster auf seiner Seite zu öffnen und steckt die Nase in den Wind. Die Luft ist klar und frisch, gewaschen vom Unwetter, das gekommen und gegangen ist, nicht ohne Spuren zu hinterlassen.
Das letzte Stück geht er zwischen zwei Weinzeilen entlang. Dieses Morgenlicht ist ein raffinierter Künstler. Eine solche Skala von Farben ist ihm in diesen Nuancen noch nie wirklich aufgefallen. Zweifellos unterhalten die Vögel sich alle über das Wetter. Er spürt einen Kitzel auf der Oberlippe und wischt mit dem Handrücken darüber: Blut. Ihr gelbes Haus steht auf dem grünen Hügel wie aus der blauen Luft geschnitten.

**Manfred Rumpl**

# FAUSTS FALL

Roman, 308 Seiten
Luftschacht Verlag, Wien 2007
ISBN: 978-3-902373-23-6

So schonungslos Rumpl in seinem makellos gefügten Roman wissenschaftliche Scharlatanerie und intellektuellen Narzissmus bloßstellt – als Erzähler begnügt er sich nicht damit. Er eröffnet seinem Protagonisten eine neue Perspektive, lässt ihn die Kraft finden, ein gänzlich neues Leben abseits der Universität zu beginnen. Die Erde hat den fallsüchtigen Helden wieder – und die Welt ein schönes Buch ...
– *Rheinischer Merkur* –

Rumpls Roman fesselt durch die Ernsthaftigkeit, mit der er die Anamnese einer dem Unernst überantworteten Gesellschaft versucht.
– *Die Presse* –

Manfred Rumpl hat mit Fausts Fall einen bemerkenswerten Roman vorgelegt. Einen Text, der die großen Existenzfragen thematisiert, ohne dabei oberflächlich zu werden. Ein Buch, das trotz seiner philosophischen Einschübe und seines komplexen Aufbaues leicht lesbar ist und auf alle Fälle einen Gewinn darstellt.
– *Radio Ö1* –

**Manfred Rumpl**

# IHR MANN UND DER FREMDE

Roman, 206 Seiten
Luftschacht Verlag, Wien 2008
ISBN: 978-3-902373-31-1

In Tagebuchaufzeichnungen erfährt Zett von einem Doppelleben seiner zu Tode gestürzten Frau, in dem der Körper zum letzten Glücksbringer geworden ist. Was Zett in seinen zwanzig Jahren Eheleben für unverrückbar gehalten hat, bedarf einer gänzlich neuen Erinnerung aus dem Blickwinkel unkalkulierbarer erotischer Begierde.

Hier erzählt einer nicht um des Erzählens willen, er betreibt Seelenkunde, ohne dass daraus je eine Seelenheilkunde entstehen könnte. Das ist nicht unbedingt tröstlich, aber schrecklich glaubwürdig. Bei Rumpl ist die Erotik der letzte Freiraum, der sich dem Einzelnen noch bietet. Aber der Autor bleibt Pessimist. Er erzählt vom Verpönten, weil gerade darin die Wahrheit über den Menschen verborgen ist. (...) Rumpls Roman ist ein Angriff auf die herrschende Ordnung, in der keine Fragen offen bleiben.
– *Salzburger Nachrichten* –

Der studierte Philosoph Rumpl flicht philosophische Zeitreflexionen in seine klare Prosa, die mit erzähldramaturgischer Verve zwei Existenzen zwischen Einsamkeit und Lust pendeln lässt.
– *the gap* –

Ulrike Ulrich

# FERN BLEIBEN

Roman, 253 Seiten
Luftschacht Verlag, Wien 2010
ISBN: 978-3-902373-51-9

Lo fährt Zug. Sie bricht auf, um Job, Freunde, Verwandte und Liebhaber hinter sich zu lassen. Sie fährt ICE, ICN, TGV, Talgo, sie schläft im DNZ, im CNL, im Euronight. Zwischen Hamburg und Zagreb, Irun und Warschau macht sie nicht Halt, steigt immer nur um, trifft Menschen und verliert sie wieder aus den Augen ... Behutsam und mit fein gesponnener Sprache folgt Ulrike Ulrich in ihrem Debütroman den Spuren ihrer Protagonistin auf ihrer Suche nach dem richtigen Halt quer durch ganz Europa.

„Wo alle Liebes-, Reise- und Familiengeschichten erzählt scheinen, rettet der Roman seine Figuren und Schauplätze vor der Beliebigkeit, indem er sie seinen Lesern stets aufs Neue entzieht (...) – vor einem halben Jahrhundert hieß das kritische Theorie, bei Ulrike Ulrich ist es überzeugende literarische Praxis geworden."
*– entwürfe –*

„Ulrike Ulrich ist eine wache Beobachterin unserer Zeit, der sie in einer präzisen Sprache Komik und Poesie abzugewinnen weiß."
*– Ilma Rakusa –*

„(...) eine Haken schlagende Familienliebesreisegeschichte, die zwischen den Gleisen so melancholisch wie witzig das Unbehagen in scharfe Bilder und die Ratlosigkeit in trefflichstes Wortspiel verwandelt (...)"
*– Felicitas Hoppe –*